Su amante misteriosa

ROBYN GRADY

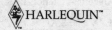

HARLEQUIN™

Editado por HARLEQUIN IBÉRICA, S.A.
Núñez de Balboa, 56
28001 Madrid

SU AMANTE MISTERIOSA, N.º 1699 - 20.1.10
Título original: The Billionaire's Fake Engagement
Publicada originalmente por Silhouette® Books.

I.S.B.N.: 978-84-671-7840-1
Depósito legal: B-41658-2009
Editor responsable: Luis Pugni
Preimpresión y fotomecánica: M.T. Color & Diseño, S.L.
C/ Colquide, 6 portal 2 - 3º H. 28230 Las Rozas (Madrid)
Impresión y encuadernación: LITOGRAFÍA ROSÉS, S.A.
C/ Energía, 11. 08850 Gavá (Barcelona)
Fecha impresion para Argentina: 19.7.10
Distribuidor exclusivo para España: LOGISTA
Distribuidor para México: CODIPLYRSA
Distribuidores para Argentina: interior, BERTRAN, S.A.C. Vélez
Sársfield, 1950. Cap. Fed./ Buenos Aires y Gran Buenos Aires,
VACCARO SÁNCHEZ y Cía, S.A.
Distribuidor para Chile: DISTRIBUIDORA ALFA, S.A.

Capítulo Uno

–Creo que éste es nuestro baile.

Muy consciente del calor que emanaba del cuerpo que tenía a sus espaldas, Natalie Wilder se mordió el labio inferior para tratar de contener el cálido cosquilleo que la recorrió. Había escuchado su voz por encima del sonido de la música, pero... ¿debía simular que no lo había hecho?

Más que una petición, las palabras del hombre habían sonado como una orden, y ella no estaba acostumbrada a obedecer. Al menos ya no.

A pesar de todo, aquella noche estaba intrigada.

Se apartó de su pareja en la pista de baile, un hombre agradable al que había conocido hacía cinco minutos, y se volvió para mirar al otro hombre a los ojos. Unos ojos hipnóticos, penetrantes, sonrientes.

Su corazón comenzó a latir más rápido.

Todo el mundo conocía a aquel hombre. Era de origen español, encantador, misterioso... algunos dirían incluso peligroso.

Durante los últimos minutos había notado cómo la observaba desde un rincón del salón de baile. Su nombre era un elixir exótico que anhelaba saborear en su lengua...

Sonrió.

—Alexander Ramírez, ¿no?

Los ojos de ónice del hombre parecieron destellar antes de que su boca se curvara... una boca esculpida que sabía cómo besar, cómo hacer el amor...

Tomó la mano de Natalie y se la llevó a los labios para besarla.

—A su servicio.

Aquella noche, al llegar, Natalie se había tomado unos momentos para admirar el moderno edificio de la Ópera de Sidney iluminado por la luz de la luna. Aquella impresionante vista palidecía ante el atractivo de la mirada de aquel hombre.

«Ten cuidado», parecía decir. «Asume las consecuencias de lo que hagas».

Ramírez no podía ser descrito como un hombre «agradable».

Consciente de que no tenía nada que hacer con aquella competencia, la pareja de Natalie le agradeció el baile y se alejo. Alexander la tomó de inmediato en sus brazos y Natalie sintió la fuerza de su sólido pecho a la vez que aspiraba su aroma, tan masculino, tan limpio y sensualmente embriagador...

Mientras él le acariciaba delicadamente la espalda con el pulgar, ella preguntó:

—¿No resulta un tanto presuntuoso interrumpir así un baile?

—No.

Natalie alzó una ceja.

—Una respuesta muy sencilla.

–Era una pregunta sencilla.

Natalie sintió un nuevo cosquilleo al escuchar su acento. Sin duda resultaría arriesgado, pero merecía la pena arriesgarse a escucharlo de nuevo.

–Tengo otra pregunta.

–Adelante.

–¿Tiene la costumbre de desnudar a las mujeres con la mirada en salones abarrotados como éste?

Alexander inclinó la cabeza hacia ella y un mechón de pelo negro cayó sobre un lado de su frente.

–No hasta esta noche.

Natalie sonrió. De manera que también tenía labia.

–¿No se ha parado a pensar que sus miradas podrían haber hecho que me sintiera incómoda?

–¿Agradablemente incómoda?

Natalie sonrió con suavidad.

–Es usted un desvergonzado, señor Ramírez.

–Y usted es preciosa. Tanto, que siento la tentación de llevarla directamente a mi cama.

Natalie sintió que una oleada de calor emanaba de entre sus piernas a la vez que sus pezones se excitaban bajo la blusa blanca plateada que vestía.

Pero no pensaba recompensar a aquel hombre con una rápida rendición. Se lo estaba pasando demasiado bien jugueteando.

Apartó la mirada.

–No creo que sea adecuado hablar de esto aquí, delante de...

–Aún no he terminado –Alexander deslizó las

5

manos hacia las caderas de Natalie y la atrajo hacia sí para susurrar junto a su oído–: Cuando te tenga desnuda y temblando bajo mi cuerpo, te devoraré, primero con mis manos, luego con mi boca...

Natalie tragó con esfuerzo.

–¿Y después... qué?

–Sabes muy bien qué –los ojos de Alexander sonrieron–. Estás deseando que llegue ese «qué».

El corazón de Natalie latía cada vez más rápido.

–¿Le ha dicho alguien alguna vez que es increíblemente arrogante?

Alexander rió burlonamente.

–Nadie se atrevería.

–Yo sí me atrevería.

–¿Cómo te has atrevido a intentar dejar esta mañana mi cama a unas horas intempestivas? –Alexander deslizó una mano hasta el comienzo de la curva del trasero de Natalie, que se sintió como si corriera lava por sus venas–. Te he retenido y te has quedado otra hora. Debería haberte persuadido para que te quedaras una más.

Sintiendo que se derretía por dentro, Natalie miró por encima de su hombro.

–Tu mano está un poco baja. ¿Qué van a pensar los demás invitados?

–Que soy un hombre afortunado.

Natalie suspiró, deslizó una mano por el poderoso hombro de Alexander y acarició su áspera mandíbula.

Su amante durante tres gloriosos meses estaba disfrutando de su íntimo juego de seducción tanto como ella. Cada día que pasaban juntos, la emoción de verse, de tocarse, no hacía más que crecer.

Pero no habían hablado del futuro. Ni lo harían.

Algunas personas no podían dejar atrás su pasado.

Seis años atrás, Tallie Wilder, de Constance Plains, aceptó que estaba ganando peso por un motivo. Temblando por dentro, informó a Chris Nagars en el despacho de la tienda de informática del padre de éste de que se le había retrasado la regla. Estaban embarazados.

Su novio se pasó una mano por el pelo, le aseguró que seguía amándola... y al día siguiente desapareció del pueblo. Destrozada, Tallie hizo acopio de todo su valor para dar la noticia a sus padres durante la comida del domingo.

Quería tener el bebé.

En la cabecera de la mesa, un aturdido Jack Wilder se cruzó lentamente de brazos mientras la madre de Tallie se ponía a sollozar con suavidad en su servilleta. Constance Plains era un pueblo anticuado. No perdonaba ni olvidaba a las chicas que se metían en problemas, y, a las veinte semanas, el embarazo de Tallie ya empezaba a notarse.

Un mes después, Tallie había ido a la panadería y volvía a su casa soñando despierta en escapar de Constance Plains cuando tropezó y cayó aparatosamente al asfalto. Sintió una fuerte contracción en el estómago antes de que un torrente de agua cálida empapara sus braguitas.

Sus padres la llevaron rápidamente al pequeño

hospital del pueblo, donde Tallie dio a luz prematuramente. May Wilder prodigó a su hija todas las atenciones posibles y no se apartó de su lado ni un momento.

–Por supuesto que nos ocuparemos de tu hija –murmuró mientras la enfermera se llevaba a toda prisa al bebé–. Tu padre también está de acuerdo.

Pero la recién nacida apenas pudo aferrarse a la vida un par de horas. Tallie estaba acariciando su manita cuando murió. Aunque el padre Roarke frunció el ceño con gesto de desaprobación cuando se lo solicitaron, Katie May Wilder fue enterrada en el cementerio Baptista del pueblo.

El epitafio de su tumba decía: *Nunca te olvidaremos.*

Un mes después, el médico comunicó a Tallie que, debido a lo sucedido, era muy probable que en el futuro pudiera tener problemas de fertilidad. Pero a ella le dio igual. Lo único que quería era morir, como su hija. Si no se hubiera distraído soñando sueños imposibles, si hubiera prestado atención, no se habría caído y el parto no se habría precipitado...

Cuatro meses después escapó del pueblo e hizo dedo hasta Sidney.

Volvía a casa el primer lunes de cada mes. Su padre había muerto dos años atrás a causa de un infarto, pero su madre seguía cocinando tartas de Madeira para las funciones de la iglesia, y la presencia de Tallie aún atraía las miradas. Pero aquello sólo sirvió para fortalecer su carácter. Ya no rezaba para morir. De hecho, según iba pasando el tiempo cada vez sentía menos y menos.

Hasta Alexander.

Ahora, con los acordes de una balada sonando en torno a ellos, el calor del cuerpo de Alexander envolviéndola y la penumbra ideal, Tallie, o Natalie, como era conocida en la ciudad, apoyó la mejilla contra su fuerte pecho y cerró los ojos.

No habría un final feliz, ni una familia... no con Alexander Ramírez, desde luego. Alexander fue muy claro antes de hacer el amor con ella por primera vez. No estaba listo para una relación profunda y duradera. Sin embargo, siendo el último descendiente de su linaje, cuando se casara, tener un hijo que perpetuara el apellido sería de vital importancia.

La reputación de la mujer que diera a luz a su hijo tendría que ser intachable, al igual que su educación y crianza. En lo referente a la futura madre de sus hijos, sólo se conformaría con lo mejor.

Natalie no se sintió ofendida. Alexander no se estaba refiriendo a nada relacionado con ella. Sólo estaba siendo sincero y, en aquel momento de su relación, no pudo condenarlo por ello. Quería que supiera lo que pensaba para darle la oportunidad de dejarlo.

Pero no ocultó su sorpresa ante la facilidad con que Natalie aceptó su propuesta de una relación sin ataduras. Pero ella sabía que no era la «señorita perfecta» con la que Alex se casaría algún día. Muy al contrario. Ni siquiera había terminado sus estudios, tenía un pasado marcado y el corazón prácticamente vacío a causa de ello.

A pesar de todo, al menos durante un tiempo podía simular que era lo suficientemente buena para un hombre tan excepcional como Alexander.

–Siento haber llegado tarde –murmuró él junto a su oído–. Estoy a punto de alcanzar un acuerdo respecto a esa investigación médica de la que te hablé. Dai Zhang ha pasado por el despacho esta tarde para dar un repaso final al acuerdo antes de firmar la semana que viene. Me ha costado convencerlo, pero creo que finalmente está dispuesto a cofinanciar el medicamento –besó a Natalie en la frente antes de añadir–: De todas formas podría haber pasado a recogerte. Quería hacerlo.

Lo cierto era que a Natalie se le había encogido el estómago cuando había entrado en el salón de baile sin compañía. Los padres de Alex habían muerto, pero Natalie aún no había conocido a su hermana, y no estaba segura de que Teresa Ramírez, la única persona a la que Alexander hacía caso, fuera a aprobar su relación con ella.

Era cierto que Natalie no pertenecía a su círculo social, pero ni Teresa ni nadie tenía por qué preocuparse, porque no tenía ninguna intención de tratar de «atrapar» a Alexander.

–Ya estabas en la ciudad y habría sido una tontería hacerte volver hasta Manly –dijo con una sonrisa–. He tomado un taxi y apenas he tardado cinco minutos en llegar.

Alexander la observó unos segundos.

–¿Eres siempre tan comprensiva?

Natalie rió con suavidad.

–Siempre.

¿Quién era ella para arrojar la primera piedra?

–Cuando terminemos este baile voy a presentarte a Teresa y a su prometido –los oscuros ojos de Alexander sonrieron–. Les vas a encantar.

Natalie reprimió un suspiro. No podía oponerse a las presentaciones, pero habría preferido mantener su aventura en privado. Llegado el momento de la verdad, eso facilitaría las cosas. No habría que dar explicaciones ni enfrentarse a incómodos encuentros con familiares o amigos. Bastaría con un simple «adiós, ha sido agradable conocerte».

Mientras bailaban, Natalie se preguntó si la decisión de romper sería de Alexander o suya. Dada su fortuna y su éxito en el mundo empresarial, probablemente sería él el primero en cansarse. Conocía actrices, ricas herederas, condesas... Ella no era su primera amante, y no sería la última.

O tal vez sería ella la que tomara la decisión de romper.

A pesar de haber acordado que iban a mantener una relación abierta y sin compromisos, parecía que, cuanto más tiempo pasaban juntos, más abierto se volvía Alexander respecto a su relación... y también más inquisitivo. Pero Natalie no quería más preguntas respecto a su pasado. Sus recuerdos eran demasiado íntimos, demasiado privados y dolorosos como para compartirlos con alguien, incluso con Alexander.

Pero de momento le bastaba con disfrutar de la ilusión.

Aquella noche estaba dispuesta a perdonarse a sí misma y a creer que aquella fantasía iba a durar.

–Un caballero quiere verte, Alexander.

Alex se apartó de su bella compañera de baile para volverse hacia Paul Brennan, su guarda espaldas, un hombre alto y ancho como un roble.

–Se trata del señor Davison.

Alexander frunció el ceño.

–¿Qué hace aquí?

Anticipándose a lo que intuyó que Alexander iba a decir a continuación, Paul giró sobre sus talones.

–Le diré que se vaya –dijo, pero su jefe hizo un gesto que le hizo detenerse.

¿Se trataría de algún asunto de negocios, o de algo personal? ¿Tendría algo que ver con la hija de Joe Davison? Bridget Davison y él habían salido brevemente, pero aquello había acabado varios meses atrás. No tenía nada en contra de Bridget, pero, dado que no había surgido ninguna química entre ellos, ¿por qué retrasar lo inevitable? Bridget había estado de acuerdo.

Finalmente, Alexander suspiró y asintió.

–Iré a ver qué quiere.

Resolvería el asunto rápidamente y regresaría. Teresa había pasado meses organizando aquella fiesta y no quería que nada pudiera estropeársela. Alexander estaba de acuerdo con la pareja que había elegido su hermana, algo que no era de sorprender. Teresa tenía la cabeza bien puesta en su sitio. Zachery Todd procedía de buena familia, sabía disfrutar de la vida y era evidente que adoraba a su prometida. Y ambos estaban deseando tener hijos.

Alexander miró a la excepcional mujer que tenía a su lado.

Compromiso... hijos...

A los treinta años, un hombre ya solía empezar a plantearse aquellas cosas...

Natalie malinterpretó su mirada y dio un paso atrás.

—No pasa nada. Te espero aquí.

Alexander la tomó de la mano.

—Prometí que cuando llegara esta noche no me apartaría de tu lado. Ven conmigo. Esto no me llevará mucho tiempo.

Natalie arqueó una ceja con expresión burlona.

—¿Te preocupa que alguien pueda robarte tu próximo baile?

Alexander se encogió de hombros y sonrió.

—Puedes bailar con quien quieras... mientras sea conmigo.

Unos momentos después se detenían ante Joe Davison. Alexander le ofreció su mano, pero el otro hombre ignoró su gesto de cortesía.

Alexander dejó caer la mano.

—Deduzco que hay algún problema –dijo, serio.

Davis miró a Natalie.

–No creo que quiera que su pareja escuche esto.

Alexander tensó la mandíbula. Era un hombre paciente, pero no tenía tiempo para aquella clase de juegos, especialmente aquella noche.

–Estamos celebrando el compromiso de mi hermana, de manera que haga el favor de decirme a qué ha venido. Me gustaría volver cuanto antes a la fiesta.

La mirada de Davison se ensombreció, pero mantuvo el tono de voz bajo, apenas audible por encima de la música.

–Bridget está embarazada. No se encuentra bien. Nada bien.

El ritmo de las pulsaciones de Alexander aumentó. Davidson debía estar al tanto de su amistad con un conocido obstetra y ginecólogo. ¿Querría una recomendación? Y si las circunstancias eran serias, ¿por qué no estaba allí también el padre? ¿O acaso era ése el problema?

Alexander trató de manejar la situación con tacto.

–No sabía que Bridget se hubiera casado.

–No se ha casado –siseó Davidson.

Alexander frunció el ceño.

–¿Y qué tiene que ver eso conmigo?

Davidson masculló una maldición a la vez que daba un paso hacia él. Paul lo tomó por el codo para detenerlo.

Alexander alzó una mano.

–No pasa nada, Paul. Yo me ocupo –Alexander volvió de nuevo su penetrante y oscura mirada hacia Davidson–. Si está sugiriendo que el hijo es mío, no es posible. Hace ya tiempo que Bridget y yo cortamos.

–Hace seis meses.

Al escuchar las palabras de Joe Davidson, Alexander sintió que el corazón se le encogía.

Sólo se había acostado una vez con Bridget, y había utilizado protección. Siempre utilizaba protección.

La cabeza empezó a darle vueltas.

¿Sería posible...?

Capítulo Dos

Los ruidos de la fiesta se filtraron en la mente de Alexander mientras Joe Davidson se cruzaba de brazos.

—Deduzco que no tiene ninguna objeción a someterse a una prueba de paternidad.

Alexander tuvo que hacer un esfuerzo para superar el nudo que tenía en la garganta.

—Necesito hablar con Bridget.

—¿Acaso espera comprarla? Ninguna cantidad le servirá para librarse de su responsabilidad —la mirada de Davidson manifestó su desprecio—. Usted y su altanera familia... Todo el mundo sabe de dónde sacó el dinero su abuelo. Juan Ramírez no era más que un mafioso.

—Voy a olvidar que ha dicho eso —dijo Alexander en un severo tono de advertencia.

—Bridget nos lo ha ocultado hasta ahora —continuó Davidson—, pero esta noche le ha contado la verdad a su madre —su voz se quebró en una risa carente de humor—. ¿Puede creerlo? Su vida está arruinada y aún pretende protegerlo del escrutinio público?

Incapaz de contenerse, Natalie dio un paso hacia él.

–La vida de su hija no está arruinada. Tendrá un bebé precioso y...

Alexander la tomó del brazo para acallarla y señaló la salida haciendo un gesto con la mandíbula.

–Creo que ha llegado la hora de que se vaya, Davidson.

Paul Brennan se acercó de inmediato.

–Yo le acompaño.

–No va a poder esconder esto así como así debajo de la alfombra –espetó Joe Davidson, irritado–. Ya no vivimos en los tiempos en que las familias como la suya podían acallar a la gente. Mi hija tiene derecho a una compensación...

Paul apoyó una enorme mano sobre su hombro y le hizo girar hacia la puerta.

–Tendrá noticias de mis abogados –dijo Davidson antes de alejarse.

Alexander enlazó su brazo con el de Natalie y se volvió hacia la pista de baile justo cuando la música terminaba. Varios de los asistentes los miraban con curiosidad, incluyendo Teresa, que parecía preocupada.

Alexander le dedicó un saludo y una sonrisa para que se relajara. Pero cuando fue a encaminarse con Natalie hacia la pista de baile, ella permaneció quieta donde estaba.

–¿Cómo puedes pensar ahora en bailar?

Alexander contempló sus verdes e indignados ojos.

–No puedo hacer nada al respecto esta noche.

Podría haber estrangulado a Davidson por haber aireado en público un asunto tan personal, pero era evidente que aquello tenía que ver con su afán de venganza. Joe Davidson era un prestigioso ingeniero hidráulico. Cuando Alexander obtuvo un contrato gubernamental para una depuradora, Joe lo acusó de seguir la «tradición familiar» de sobornar a los funcionarios estatales.

Pero lo cierto era que Alexander había trabajado mucho para poder reunir a la gente adecuada con los conocimientos necesarios y por un precio razonable. Aquello era lo que mejor se le daba: aprovechar las oportunidades que surgían y hacerlas funcionar.

Natalie tocó distraídamente uno de sus pendientes de perlas.

–Tienes razón –murmuró–. Ahora no puede hacerse nada. Pero... ¿y si el hijo es tuyo?

Cuando llegaron a la pista de baile, Alexander la rodeó con sus brazos y empezaron a bailar.

–Cruzaré ese puente cuando llegue a él –contestó, aunque esperaba que no hubiera necesidad de hacerlo.

Era cierto que había tenido bastantes parejas, pero siempre era sincero con ellas desde el primer momento. No buscaba una relación duradera. Pero también últimamente se estaba cansando de las relaciones efímeras a las que estaba acostumbrado. El motivo era evidente.

Natalie Wilder.

Nunca se había entusiasmado tanto con una relación, y no sabía por qué se sentía tan afectado por Natalie. Su lado racional decía que era absurdo, pero no lograba dejar de pensar en ella día y noche.

Sin duda, era una mujer preciosa, inteligente, culta, elegante... todo lo que un hombre podía desear de una compañera. Pero la atracción que sentía por ella iba más allá. Había algo especial en sus ojos color esmeralda, algo desafiante y a la vez triste, algo que buscaba ser liberado y que a él le habría gustado poder liberar...

Pero lo cierto era que, fuera cual fuese el hechizo que hubiera hecho caer sobre él, aún no estaba preparado para terminar con aquella relación. Resolvería aquel malentendido con Bridget, la vida volvería a su curso normal, y Natalie y él podrían seguir disfrutando uno del otro.

–Aún no me has presentado a tu acompañante, Alexander.

Alexander se volvió y sonrió al ver a su hermana, a la que besó cariñosamente en la mejilla.

–Teresa, te presento a Natalie Wilder.

Teresa echó atrás su exuberante melena negra y sonrió.

–¡Por fin! La mujer misteriosa.

–¿Alexander ha hablado de mí? –preguntó Natalie, insegura.

Teresa la tomó de la mano.

–Más de una vez. Alexander me ha dicho que estás en el negocio inmobiliario.

Alexander pasó un brazo por la cintura de Natalie.

–Ha sido agente del mes durante tres meses seguidos.

Teresa asintió, complacida.

–Impresionante.

Natalie no era nada dada a alardear, de manera que Alexander lo hizo por ella.

–Su jefe ha invertido mucho para enseñarle el oficio y la ha enviado a los mejores seminarios, pero ahora está obteniendo los beneficios. Natalie es su agente estrella.

–¡Felicidades! –exclamó Teresa–. ¿Piensas tener tu propia agencia inmobiliaria algún día?

Natalie ladeó la cabeza.

–Lo cierto es que sí.

Alexander frunció el ceño. Era la primera noticia que tenía de aquello. Pero sabían tan poco el uno del otro, o, más bien, él sabía tan poco sobre ella...

Natalie miró en torno al salón, lleno de música, risas y luz.

–Es una fiesta estupenda. ¿Ya está decidida la fecha de la boda?

Teresa suspiró.

–Aún faltan cuatro tortuosos meses. Zach y yo esperamos tener hijos enseguida. Zach tiene un hermano gemelo, de manera que no estaría mal tener dos a la vez. Tener una familia feliz es muy importante para los dos. Lo que me recuerda... –Teresa se volvió hacia su hermano–. Le estaba contando a Zach lo del doblón de la familia

–Lo siento –interrumpió Natalie–. ¿Me disculpáis? Necesito salir un momento.

Con una educada sonrisa, se volvió para encaminarse hacia las puertas del balcón.

Teresa masculló una maldición en la lengua de su abuelo.

–Lo siento, Alexander. No sé exactamente qué he dicho para disgustarla, pero era lo último que pretendía.

–No eres tú la que la ha disgustado. Ha sido otro.

–¿Tu visitante?

Alexander estrechó cariñosamente la mano de su hermana.

–Vuelve a tu fiesta. Te lo explicaré más tarde.

Alexander encontró a Natalie de pie junto a la balaustrada del balcón. Tenía las manos apoyadas sobre el pecho y la barbilla ligeramente alzada mientras contemplaba el horizonte como si estuviera viendo algo que él no podía ver.

Con aquel vestido y la luz de la luna, parecía una diosa. Una auténtica Venus, deslumbrante, efímera... Y aquella noche era suya.

Alexander metió las manos en los bolsillos mientras se acercaba a ella.

–¿Estás pidiendo un deseo a una estrella?

Natalie parpadeó como si acabara de salir de un trance, pero enseguida sonrió.

–Lo siento –dijo a la vez que bajaba las manos para apoyarlas en la barandilla–. Supongo que esta noche está demostrando ser más intensa de lo que esperaba.

Alexander deslizó la mirada por su femenina figura. Su aroma le recordaba al rocío de la mañana en los pétalos de las flores. El amanecer era la mejor hora del día, sobre todo cuando despertaba con ella a su lado.

Apartó un mechón de pelo de su mejilla.

–Te había dicho que le caerías bien a Teresa.

–¿Incluso después de lo grosera que he sido?

–Lo comprenderá –dijo Alexander.

Pero que Natalie asimilara las noticias de Joe Davidson era otro asunto. Él también se había quedado conmocionado, pero no estaba convencido de ser el padre del bebé. Necesitaba asegurarse, pero, si resultaba que el niño era suyo, haría lo correcto... aunque aún tenía que decidir qué era lo correcto. Sin duda, ofrecería a Bridget su apoyo financiero y emocional, pero ¿matrimonio? ¿No sería ir demasiado lejos? ¿O lo menos que podía hacer era ofrecer al bebé una familia completa?

Suspiró a la vez que se frotaba el cuello.

–Voy a traerte algo de beber –ofreció. A él tampoco le vendría mal tomar algo.

Natalie lo agarró por la manga de la chaqueta.

–El aire de la noche ya es lo suficientemente relajante.

–Si lo prefieres podemos irnos.

Natalie simuló fruncir el ceño.

–Es la fiesta de compromiso de tu única hermana. No nos vamos a ningún sitio.

Alexander se apoyó contra la balaustrada y se cruzó de brazos.

–Supongo que lo siguiente será conocer a tu familia –dijo, aunque lo cierto era que cuando empezó a salir con Natalie aquella posibilidad ni siquiera se le había pasado por la cabeza. Pero ahora sentía curiosidad, eso era todo. Sabía tan poco sobre ella... algo que iba en contra de su norma habitual en lo referente a las mujeres con las que tenía algo más que una mera aventura pasajera. Además, la visita a los padres de Natalie tendría que esperar a que el asunto del embarazo de Bridget quedara aclarado. Al día siguiente consultaría con Mateo, su amigo tocólogo. La confusión quedaría aclarada en una o dos semanas.

Al ver que Natalie no decía nada, como si no hubiera escuchado su comentario, ladeó la cabeza. Se había encerrado en sí misma cuando Teresa había mencionado lo importante que era tener una familia feliz, sin duda debido a la noticia del embarazo sorpresa de Bridget. Sin embargo...

–¿Eres consciente de que nunca has mencionado de dónde eres? –preguntó.

–¿No?

Alexander tomó a Natalie por la barbilla y sus miradas se encontraron.

–No. No lo has hecho.

La sonrisa de Natalie incluyó una paciente mirada que dijo que aquello carecía de importancia.

–Nací en un pueblo muy pequeño y normal.

–¿Llamado?

–Constance Plains.

–No parece que lo eches mucho de menos.

–No lo echo de menos.

–En ese caso, supongo que no planeas irte pronto de Sidney.

–No, a menos que surja un motivo poderoso para hacerlo.

Alexander se apartó de la balaustrada.

–Se me ocurre al menos un buen motivo para que te quedes –la luna desapareció tras una nube a la vez que atraía a Natalie hacia sí. Nunca se había opuesto a sus muestras de afecto, y aquella noche no parecía menos complaciente.

Los hipnóticos ojos de Natalie buscaron los de Alexander; el mensaje de sus brillantes profundidades resultó inescrutable, excepto por una clara petición. Quería que la besara. Dispuesto a complacerla, Alexander inclinó la cabeza.

Cuando cubrió la dulce boca de Natalie con la suya, el aliento pareció abandonarla. Complaciente, recibió su beso a la vez que apoyaba una mano en su pecho. Cuando Alexander profundizó el beso, el suave gemido que escapó de la garganta de Natalie le confirmó que las noticias de aquella noche no habían afectado a lo que sentía.

Natalie lo deseaba más que nunca.

Había sido una semana tan larga... No podía esperar a llegar a casa para amarla como merecía ser amada.

Pero antes...

Reacio, se apartó de ella.

–Tenemos que volver.

Alexander se alegraba mucho de estar celebrando la fiesta de compromiso de su hermana, pero lo cierto era que estaba deseando volver a casa y meterse en la cama con Natalie Wilder.

***

Tres horas más tarde, Alexander y Natalie dieron las gracias a sus anfitriones y abandonaron la fiesta.

–¿Por qué tienes un guardaespaldas? –preguntó Natalie mientras entraban en el ascensor.

Alexander pulsó el botón consciente de que ya le había explicado aquello antes, cuando empezaron a salir.

–Paul era el hombre de confianza de mi padre.

–¿Temía tu padre por su vida?

Alexander supuso que Natalie se estaba refiriendo a los comentarios de Davidson sobre su abuelo y su supuesta pertenencia a la mafia. ¿O estaría aludiendo a otra cosa?

–¿Te refieres a si temo por mi vida?

–Los hombres poderosos suelen tener enemigos poderosos.

Se abrieron las puertas del ascensor y salieron al vestíbulo del hotel.

–No me preocupa Davidson, si es a eso a lo que te refieres. Además, un hombre brillante como Paul puede ocuparse de otras tareas.

Fuera les esperaba Paul al volante de un Bentley plateado, y Natalie sonrió.

–¿Te refieres a hacer de chófer?

Alexander apoyó una mano en su espalda mientras salían del hotel.

–A Paul no le gustaría que nadie más condujera el Bentley.

–Es como su bebé, ¿no?

Alexander se detuvo y miró a Natalie a los ojos. El tema de los bebés y las familias no había vuelto a ser mencionado desde la metedura de pata de Teresa. Temió que Natalie fuera a verse consumida por la preocupación a lo largo del fin de semana, cuando nada podía hacerse al respecto.

Tomó su delicada mano mientras se encaminaban hacia el coche.

–Creía que ya habíamos aclarado el tema. Tendrán que pasar unos días antes de que el asunto quede aclarado.

–No crees que el bebé sea tuyo, ¿verdad?

–No. Pero no soy tan arrogante como para descartar por completo la posibilidad.

Aquella noche Bridget dijo que estaba protegida. Él se protegió, desde luego, pero lo cierto era que sólo había un método anticonceptivo infalible y ya era demasiado tarde para hablar de abstinencia.

Paul abrió la puerta trasera del coche para que pasaran. Alexander apenas se fijó en un hombre en vaqueros que se acercaba a ellos. Pero cuando vio que se detenía y sacaba algo del bolsillo de su chaqueta sus instintos de protección entraron en acción.

–¿Puede hacernos una declaración, señor Ramírez? –el hombre mostró un cuaderno de notas a la vez que Alexander se situaba ante Natalie y Paul lo sujetaba por un hombro. El hombre se tambaleó ligeramente y la cámara que llevaba colgada al hombro se balanceó–. ¿Es cierto que niega la paternidad de un bebé que fue concebido hace seis meses?

Alexander dedicó una mirada fulminante al reportero mientras Paul lo apartaba de un empujón.

Pero aquello no arredró al reportero.

–¿Qué piensa Bridget Davidson de que la abandone por otra mujer?

–Vámonos, Paul –se limitó a decir Alexander.

Paul rodeó el coche mientras Alexander ayudaba a Natalie a entrar en el coche.

Pero el periodista no iba a renunciar así como así. Estaba dispuesto a luchar por aquella historia como una rata por un trozo de queso.

Se inclinó para asomar la cabeza por la puerta aún abierta del coche.

–¿Es usted Natalie Wilder?

Alexander tomó el cuaderno que el periodista sostenía en su mano y lo arrojó al suelo.

–Sin comentarios.

Tal vez haría falta romperle la mandíbula para que lo dejara.

Pero, o tenía instintos suicidas, o el periodista era completamente estúpido, porque hizo otra pregunta.

–¿Es cierto que planea casarse con la señorita Wilder?

Furioso, Alexander se sentó junto a Natalie mientras Paul ponía en marcha el coche. Pero antes de cerrar la puerta, dio su inequívoca respuesta:

–Sí. Es cierto.

Capítulo Tres

Natalie se quedó boquiabierta.

Había oído mal. Debía de haber oído mal.

¿Alexander Lucio Ramírez planeaba casarse con ella?

¡Era absurdo!

Se alejó hasta el rincón más apartado del lujoso asiento del Bentley.

–¿Se puede saber en qué estabas pensando para decir eso?

Alexander aflojó el nudo de su corbata.

–Sobre todo en cuánto desprecio a la prensa del corazón.

Natalie sintió que las mejillas le ardían.

–¿Y por eso has alimentado su fuego con gasolina?

–Mi vida es asunto mío.

–Pero ahora me has incluido en ella.

–Ya estabas en mi vida.

–¡Pero no como tu prometida!

Alexander exhaló un suspiro y alzó una mano para masajear su aquilina nariz.

–Esta tarde todo era perfecto. He dejado prácticamente cerrado un trato importante y estaba deseando que llegara la noche para estar contigo. Mañana íbamos a pasar el día juntos –dejó caer pesadamente la mano sobre su regazo–. Entonces aparece Joe Davidson y hace detonar una bomba.

Aquel comentario irritó a Natalie. Alexander estaba olvidando algo, o, más bien, a alguien.

–Imagino la inquietud que sintió Bridget Davidson cuando comprobó que la prueba del embarazo había dado positivo.

Alexander se volvió a mirarla.

–No necesito que me recuerden mis obligaciones en caso de que sea el padre de ese bebé.

Natalie se estremeció al escuchar la firmeza del timbre de su voz, pero no estaba dispuesta a permitir que el enfado de Alexander con el reportero le impidiera obtener las respuestas que buscaba.

–¿Por qué le has dicho a ese hombre que íbamos a casarnos?

Alexander pulsó un botón que hizo que se alzara un cristal entre el chófer y ellos.

–Tal vez lo he hecho porque sí.

–En ese caso tendrás que retractarte. De hecho... –Natalie tuvo que tragar antes de animarse a decir lo que quería. Al parecer, ya había llegado el momento–. Creo que no es conveniente que nos sigamos viendo.

Alexander no dijo nada. Se limitó a volver la cabeza y sus ojos brillaron como diamantes negros cuando el coche pasó junto a una farola.

Natalie respiró temblorosamente.

Evidentemente, había llegado el momento de romper. Tal vez de forma temporal, aunque probablemente sería algo definitivo. Siempre había sabido que aquel momento llegaría… pero no esperaba que fuera tan pronto.

–Las cosas se están complicando demasiado –añadió.

–Y te lanzas al primer bote salvavidas, ¿no?

Las palabras de Alexander fueron como una bofetada para Natalie.

–¿Acaso consideras que lo sucedido es culpa mía?

–Sólo sé que, si tú necesitaras mi apoyo, te lo daría.

¿Sería cierto?, se preguntó Natalie. ¿Le ofrecería Alexander realmente su apoyo si lo necesitara?

Confundida, enfadada, apartó la mirada.

–No espero nada de nadie.

–Me gusta tu espíritu independiente, pero creo que eso es llevar las cosas demasiado lejos.

–¿Porque soy una mujer? ¿El sexo débil?

–Porque lo que has dicho hace que parezcas alguien frío, y nunca he conocido a nadie más alejado del hielo que tú.

Natalie apretó los labios al sentir que sus ojos se humedecían.

Estaba despidiéndose de Alexander por su propio bien. Y también por sí misma. Dos años atrás, un especialista de Sidney había confirmado lo que predijo el médico de Constance Plains. Aunque el síndrome de Asherman que sufría era de carácter leve, le aconsejó que no tratara de quedarse embarazada. De lo contrario, los riesgos podían ser graves.

No quería que nadie sufriera, incluyendo al

bebé de Bridget. No quería interponerse en el camino de nadie.

La imagen de la manita de un recién nacido pasó por su mente y las lágrimas nublaron su visión.

–Te agradecería que me dejaras en mi apartamento –dijo en cuanto logró controlarse.

–No, cariño. Vamos a pasar la noche juntos en mi casa –replicó Alexander.

Natalie apretó con fuerza el bolso que sostenía en el regazo. Quería gritarle, decirle que no merecía la pena que se molestara por ella.

En lugar de ello, sonrió débilmente.

–¿No lo entiendes, Alexander? Todo ha acabado. El barco ya ha zarpado.

Alexander buscó sus ojos con la mirada. La tensión era palpable, pero Natalie no se echó atrás. No podía hacerlo. Por el bien de los dos.

Finalmente, Alexander se recostó contra el respaldo del asiento y respiró profundamente.

–Tienes razón. No tienes por qué verte involucrada en este asunto. Discúlpame.

Natalie se quedó boquiabierta. ¿Estaba tratando de liberarla? Había dicho que necesitaba su apoyo. Ella se lo había negado y a pesar de todo la disculpaba...

Habría querido apoyar la mano en su fuerte muslo, hacerle saber que le importaba, más de lo debido. En lugar de ello, apretó el puño. Si Alexander era el padre de ese bebé, lo último que necesitaba eran distracciones. Pero no podía darle explicaciones.

No era la mujer que él creía que era.

–Alexander, yo...

Él pasó un brazo por sus hombros y la estrechó contra su costado.

–Los dos estamos disgustados. Demasiado como para hablar. Deja que te abrace un rato.

Alexander pidió a Paul que se dirigiera al apartamento de Natalie. Cuando, cinco minutos después, el coche se detuvo ante el edificio, bajó para abrirle la puerta.

–Le diré a Paul que venga a recogerte por la mañana –dijo a la vez que le ofrecía su mano.

Natalie la aceptó para salir, pero la retiró en cuanto estuvo fuera del coche.

–Preferiría que nos despidiéramos aquí –logró sonreír mientras sentía que su corazón se desgarraba–. Ha sido agradable...

Sin escucharla, Alexander pasó una mano tras su nuca y la atrajo hacia sí para besarla. Pero ella volvió el rostro y los cálidos labios de Alexander sólo alcanzaron su sien.

–Buenas noches, Alexander.

Él se apartó, rígido. Luego, como un huracán, giró sobre sus talones y se encaminó hacia el Bentley.

–Yo también te doy las buenas noches –dijo por encima del hombro–, pero esto no es una despedida, Natalie.

***

A la mañana siguiente, Alexander contempló con expresión taciturna el titular de la página cinco del periódico.

Playboy comprometido con una desconocida después de dejar a su novia embarazada.

Masculló una maldición a la vez que arrojaba el periódico sobre la encimera de la cocina.

Su chica lo había dejado, había sido pública-mente criticado como un hombre sin escrúpulos y, para colmo, Dai Zhang debía de estar preguntán-dose si Alexander Ramírez pertenecería a la pan-dilla de su amoral abuelo.

El dinero de Zhang estaba destinado a un im-portante proyecto en el que el propio Alexander había invertido gran parte de su propio capital. Creía que aquellas investigaciones supondrían, ade-más de una buena inversión, una mejora para la co-munidad médica y para los enfermos dependien-tes de la diálisis.

Pero, tras leer aquellos titulares, no le sorpren-dería que Zhan, un respetado hombre de negocios conocido por su integridad, quisiera retirar su di-nero. Se había esforzado mucho para convencerlo de que aquellas investigaciones triunfarían donde otras habían fracasado, pero aquella publicidad le hacía quedar como un hombre del que uno no po-día fiarse. Especialmente si rompía su compromiso pocos días después de haberlo anunciado.

Se pasó una mano por la nuca.

Desafortunadamente, tras los acontecimientos de la noche anterior Natalie había dado por zanjada su aventura, y los titulares de la prensa de aquella mañana no harían más que reafirmarle en su decisión. Pero Alexander no estaba dispuesto a que su relación acabara.

Cuando sonó el teléfono, lo descolgó y gruñó:

–Llame luego.

–¿Señor Ramírez?

–¿Quién es? –la voz sonaba familiar. Un instante después, Alexander supo por qué.

–¿Cuándo va a tener lugar la boda, señor Ramírez?

Alexander apretó los dientes.

–¿Cómo ha conseguido este número?

–Natalie Wilder no quiere hacer comentarios –continuó el reportero–. ¿Significa eso que el compromiso se ha cancelado? ¿Puede confirmarme que la fiesta de anoche fue una doble celebración.

Alexander colgó el teléfono de golpe y se llevó las manos a la cabeza.

¿Qué podía hacer para evitar que la situación siguiera deteriorándose?

Marcó rápidamente el número del móvil de Natalie, pero saltó el contestador, lo mismo que en su casa. Sólo podía estar en otro sitio.

Cuando Natalie respondió en su despacho, Alexander se sentó en la silla más cercana.

–Buenos días, cariño.

–¿Alexander? Estoy en la oficina.

–Tenemos que hablar.

–Hoy no voy a hablar con nadie a menos que

quiera comprar una propiedad. Lo... lo siento pero tengo que irme.

Cuando Natalie colgó, Alexander hizo lo mismo, reacio.

—Mujer testaruda —murmuró, aunque aquella era una de las razones por las que le gustaba.

¿Y si su impulsivo anuncio de boda al reportero no había sido más que un poco prematuro? Una vez manifestado, tal vez debería utilizarlo... y en más de un sentido.

Zhang era un hombre de principios, como él. De momento no podía hacer nada respecto a la acusación de paternidad, pero tal vez debería mantenerse fiel al anuncio de su compromiso. Retractarse le haría perder crédito a ojos de Zhang, y cuando la prueba de la paternidad estuviera lista, su nombre quedaría libre de tacha.

Y además estaba Natalie.

Cuando se casara, quería una unión sólida: un puerto tranquilo y seguro en el que sus hijos pudieran crecer y madurar adecuadamente. Natalie parecía poseer todas las cualidades que él admiraba, independencia, encanto, inteligencia. Y en la cama funcionaban de maravilla. Nunca se cansaría de abrazar un cuerpo tan complaciente y cálido. Aquella evidente compatibilidad sexual supondría una importante ventaja para cualquier matrimonio.

Sin duda, Bridget haría muy feliz a algún otro hombre. Su linaje era intachable y era una mujer dulce y muy atractiva. Pero, aunque se demostrara que él era el padre, no se veía a sí mismo compartiendo su vida con Bridget Davidson. Por otro lado, Natalie sería una esposa perfecta. Una madre maravillosa.

Tal vez había llegado el momento.

Se levantó y fue a su estudio a abrir la caja fuerte. Unos momentos después sostenía en la mano un doblón, una reliquia familiar de valor incalculable que había pasado de generación en generación. En aquellos momentos comprendió mejor que nunca su autentico valor. Alexander respetaba su historia y estaba dispuesto a hacer lo necesario para seguir con la tradición.

Y aquello implicaba recuperar a Natalie.

Capítulo Cuatro

Mateo Celeca abrió la puerta de su residencia y estrechó la mano de su amigo. Tras un breve abrazo, hizo pasar a Alexander.

–El éxito tiene muchas ventajas, pero contar con tiempo no es precisamente una de ellas –dijo Mateo mientras cerraba la puerta. Luego se volvió y contempló a Alexander a la vez que se cruzaba de brazos–. Tienes buen aspecto, amigo mío.

Alexander contempló el rostro moreno de Mateo, que contrastaba con la camisa blanca que vestía.

–Tú pareces mejor que bien.

–Es el sol mediterráneo. Cuando vengo de visita no quiero volver. Entonces mamá empieza a organizarme citas con chicas «agradables» y recuerdo por qué tengo que volver.

Alexander rió.

–Seguro que cualquier día de éstos encuentras tu media naranja, Mat.

–Tal vez puedas darme algunos consejos.

Alexander alzó una ceja.

–Veo que ya has leído la prensa esta mañana.

Mateo apoyó una mano en la espalda de su amigo y lo condujo hasta la enorme cocina de la magnífica mansión en que vivía.

–Por lo que he leído, tu situación parece... complicada.

Alexander suspiró.

–Ya me han dicho eso antes.

–¿Quién te lo ha dicho? ¿La mujer embarazada?

–La mujer con la que me estoy acostando.

–Deduzco que no te alegra tu posible paternidad.

–Se me ocurren otras circunstancias preferibles –por ejemplo, que Natalie fuera la mujer embarazada de su hijo, pensó Alexander.

Mateo tomó dos tazas de un estante y preparó una cafetera.

–¿Y cómo lo llevan las mujeres de tu vida?

–Hace seis meses que no hablo con una de ellas, y la otra no quiere volver a verme.

Mateo se detuvo en sus preparativos para el café.

–Tal vez debería ofrecerte algo más fuerte.

Alexander sonrió.

–Un café me sentará bien.

Cuando el café estuvo listo, salieron a tomarlo en el jardín trasero.

–¿Cómo puedo ayudarte? –preguntó Mateo cuando se sentaron.

–Necesito averiguar si soy el padre del bebé, y necesito averiguarlo deprisa.

–¿Cuáles son las fechas estimadas?

–Si soy el padre, han pasado veinticuatro semanas –contestó Alexander, que había consultado su calendario la noche anterior.

–La edad de gestación serían veintiséis –Mateo

permaneció un momento pensativo–. Para obtener una estimación más precisa será necesario realizar una ecografía. Seguro que el ginecólogo de la madre habrá programado más de una a lo largo del embarazo. En cuanto a las pruebas de paternidad, hoy en día son fáciles de realizar y los resultados están disponibles en pocos días. Sólo necesitamos sangre de la madre y un poco de saliva tuya. Los resultados son un cien por cien seguros en cuanto a la identificación negativa y un noventa y nueve por ciento en la positiva.

–De manera que, si no soy el padre del bebé, se sabrá con certeza.

Mateo asintió.

–Si quieres que la dama venga a verme, le daré una cita para realizar la prueba.

–Hablaré con Bridget... aunque me temo que antes tendré que hacerlo con su padre.

–Según recuerdo, no eres precisamente uno de los amigos favoritos de Joe Davidson.

Mateo estaba al tanto del asunto del contrato.

–Y después de lo de anoche me temo que soy el último en su lista de invitados para Navidad.

Mateo se encogió de hombros.

–Tienes cosas más importantes de las que preocuparte.

Alexander sonrió irónicamente.

–¿Quieres oír lo más gracioso? Hace tres meses conocí a una mujer con la que comparto una química asombrosa y ahora quiere que terminemos.

–¿Y quieres a esa mujer?

Alexander se apoyó contra el respaldo del asiento y contempló un momento una bandada de pájaros que cruzaba el cielo.

–No. Pero sé que me encanta estar con ella –especialmente en el dormitorio.

Sus padres habían estado enamorados. De niño, aquel lazo de unión le hizo sentirse seguro. De adulto le había hecho sentirse orgulloso. Su hermana Teresa y Zach también tenían aquella clase de relación. Se notaba. Pero él no veía en su futuro aquella clase de amor que todo lo consumía.

–Natalie es especial –añadió.

Mateo sonrió abiertamente.

–Eso suena serio.

–Tengo intención de casarme con ella.

Mateo bajó un momento la mirada.

–¿Y si eres el padre del bebé de Bridget Davidson?

–Supongo que no tardaremos en averiguarlo.

–Desde luego –Mateo permaneció un momento pensativo. Luego terminó su café y se apoyó contra el respaldo de su silla–. Voy a jugar al tenis con Eddie Boxwell a las once. ¿Quieres venir? Prometo dejarte ganar un set.

Alexander rió.

–Qué generoso –dijo a la vez que se ponía en pie–. Aún tengo algo que hacer esta mañana.

–Bridget.

–Natalie. La situación es un tanto complicada.

–No puedes cambiar los resultados de la prueba de paternidad.

–Y tampoco puedo hacer que el tiempo dé marcha atrás.

Mateo se puso en pie y volvió a la cocina con Alexander.

–Todo acabará arreglándose.

–¿Es eso lo que sueles decirles a tus pacientes?

–¿Ayuda?

Alexander sonrió.

–Te lo diré dentro de unos días.

Quince minutos después, tras detenerse un momento para hacer una compra, Alexander entraba en la sala de recepción de la inmobiliaria Phil McPherson.

–¿En qué puedo ayudarle, señor? –preguntó la recepcionista.

–Quiero comprar una propiedad. Nada que valga menos de diez millones. Necesito a su mejor agente de ventas.

La mujer abrió los ojos de par en par y luego marcó una extensión en su teléfono.

–Natalie, hay aquí un caballero interesado en comprar una propiedad –tras una pausa, añadió–: Pero quiere algo que no valga menos de diez millones –la recepcionista miró disimuladamente a Alexander–. De acuerdo –colgó el teléfono y sonrió de oreja a oreja–. Natalie Wilder saldrá enseguida.

Un segundo después, Natalie salía de una oficina de la parte trasera. Cuando vio a Alexander se detuvo en seco y la profesional sonrisa que curvaba sus labios se esfumó al instante.

–Tú...

Alexander casi pudo oler su aroma a flores desde donde estaba. Casi pudo sentir sus sensuales curvas pegadas a él. Cuánto la había echado de menos la noche pasada... Pero pensaba resarcirse aquella misma noche.

Cuando vio que entrecerraba los ojos recordó su historia que, según decidió en aquel momento, era cierta. La visita a Mateo le había hecho comprender que necesitaba un cambio en su vida. Su elegante apartamento de soltero había servido para un propósito, pero había llegado el momento de invertir en una casa de verdad. Un lugar en el que imaginaba a una mujer. La sensual y brillante mujer que tenía ante sí.

Señaló con un gesto de la barbilla un cartel que había a la derecha del escritorio de recepción.

–Me gustaría ver esa propiedad.

Natalie cruzó los brazos sobre su formal vestido azul.

–Lo siento, no estoy disponible.

Alexander se limitó a sonreír. Respuesta equivocada.

Mientras la recepcionista miraba a Natalie sin ocultar su asombro, Alexander se dispuso a tratar de convencerla, pero otra voz interrumpió su conversación.

–¿Puedes venir a mi despacho, Natalie, por favor?

Alexander volvió la mirada hacia un hombre de unos cincuenta años con el pelo peinado hacia atrás y unos brillantes zapatos negros. Por su expresión, se notaba que era un hombre acostumbrado a ser obedecido. El cartel de la puerta de su despacho decía *Phil McPherson, Director*.

Natalie contuvo el aliento.

La noche anterior le había dicho a Alexander que todo había acabado. Aquella mañana le había dicho que estaba ocupada. Sin embargo, la había ignorado, ¿por qué no le sorprendía?, y ahora tenía a Phil tras ella. Si su jefe había escuchado lo que había dicho, sabía que no le esperaba precisamente una palmadita en la espalda.

Miró a Alexander. Parecía tan controlado, tan intensamente masculino y dominante... Luego miró a su jefe.

No tenía sentido evitar lo inevitable.

Un momento después, Phil cerraba la puerta de su despacho y comenzaba a balancearse ligeramente sobre sus talones con las manos tomadas a las espalda.

—¿Hay algún problema, Nat?

Natalie trató de mostrarse indiferente.

—Ningún problema, Phil.

—En ese caso, te sugiero que enseñes esa propiedad a ese hombre.

—Si no te importa, preferiría que otro agente se ocupara de él.

—Por supuesto... si no te importa buscarte otro trabajo —Phil avanzó hacia su escritorio—. Conoces

43

mejor que nadie la comisión que corresponde a una venta de ese calibre.

–Por supuesto, pero...

–Aquí hay algo que obviamente desconoces.

Phil tomó el periódico que tenía en la mesa, lo abrió por la página cinco y se lo enseñó. Natalie había estado a punto de hiperventilar aquella mañana cuando había visto una foto de Alexander junto a otra de una deslumbrante Bridget Davidson. No pudo evitar preguntarse qué habría visto Alexander en alguien tan corriente como ella.

–Ese hombre es Alexander Ramírez –dijo Phil.

–Puedo explicar...

–Tu vida personal y las rencillas de tus amantes no son asunto mío. Los teléfonos no dejan de sonar esta mañana, supongo que debido a que la chica de los titulares trabaja aquí. También sé que Ramírez es un hombre serio con mucho dinero. Eres la mejor agente que tengo. Necesitamos todas las comisiones que podamos obtener. No estamos pasando precisamente por nuestros mejores momentos y no podemos permitirnos pasar ni siquiera de la sugerencia de una posible venta.

Natalie se mordió el labio inferior.

El mercado inmobiliario no pasaba por su mejor racha. La semana anterior había cerrado una de las principales agencias inmobiliarias del país. No podía decirle a Phil que la visita de Alexander era una treta para poder verla.

–Tú eres el jefe –dijo finalmente, con un suspiro.

44

Phil se sentó tras su escritorio.

–Y tú tienes una comisión en la que pensar.

Natalie salió del despacho de Phil, cerró la puerta y alzó la barbilla. Alexander posó su penetrante mirada en ella. Era obvio que iba en serio.

Se cruzó de brazos y carraspeó antes de hablar.

–Para tu información, tengo un día muy ajetreado por delante.

Alexander se limitó a sonreír.

–Te advierto que tu treta no va a servir de nada –añadió Natalie.

–¿Vas a enseñarme esa propiedad, o no?

–Voy a enseñártela y luego voy a seguir adelante con mi trabajo –al ver que la sonrisa de Alexander se ensanchaba, Natalie dejó caer los brazos y echó atrás los hombros–. No estoy bromeando.

Alexander la tomó por el codo.

Capítulo Cinco

Alexander insistió en ir en su coche, y unos minutos después detenía su elegante deportivo negro ante la exclusiva propiedad que iban a ver.

Natalie pulsó un mando a distancia para abrir las colosales verjas de la entrada. Al final de un sendero rodeado de árboles y flores se hallaba un magnífico edificio.

La mansión Quinton.

—Los dueños están de viaje en los Estados Unidos —dijo Natalie en tono profesional cuando bajaron del coche—. Están deseando vender.

Sintió la mirada de Alexander en ella, deslizándose desde su pelo hasta sus tobillos, dejando un rastro de calor a su paso...

Alisó la falda de su vestido y se esforzó por evitar que el rubor cubriera sus mejillas. No habían hablado durante el trayecto, pero había podido sentir la concentración de Alexander mientras circulaba por las calles de Sidney a la vez que elaboraba un plan para conseguir lo que quería.

Pero ella no pensaba dejarse camelar. Ni siquiera por Alexander.

—Los reporteros han estado dándote la lata esta mañana, ¿no?

Natalie suspiró. Ya empezaba.

Subió las escaleras del porche de la mansión.

–La casa tiene seis dormitorios grandes, con baños incluidos...

–También me han estado dando la lata a mí.

–... además de dos despachos, un pequeño teatro familiar, piscina interior y exterior, sauna, jacuzzi para diez personas...

–Tengo una idea.

Natalie se volvió hacia Alexander.

–Yo también, y la mía implica volver a mi despacho a trabajar de verdad.

Los oscuros ojos de Alexander brillaron al captar un destello de sol.

–De manera que sientes curiosidad.

Natalie logró no sonreír.

–Eres incorregible.

–Me tomaré eso como un cumplido –Alexander alargó un brazo con intención de atraer a Natalie hacia sí, pero ella se apartó y se acercó a la puerta.

Abrió y pasó al espacioso vestíbulo de la mansión con Alexander pisándole los talones.

–El problema de la publicidad no hará más que empeorar.

Capearía el temporal hasta que pasara, pensó Natalie. Cuando Alexander se retractara de su anuncio de compromiso, ella se limitaría a bajar la cabeza y a seguir adelante con su vida. Y nunca volvería a implicarse tanto en una relación con un hombre. Aunque no había muchos que pudieran compararse con Alexander...

Pero Alexander no parecía dispuesto a echarse atrás.

–Podríamos seguir la corriente a la prensa en lugar de enfrentarnos a ella.

Natalie se volvió hacia él y ladeó la cabeza.

–¿Has olvidado cómo empezó todo esto? Hay una mujer sola embarazada de tu hijo.

–Eso todavía no está confirmado.

–En ese caso, tal vez deberías estar ocupándote de organizar las pruebas necesarias.

–Ya he hablado con un amigo esta mañana. Mateo es un prestigioso tocoginecólogo.

Natalie ya había oído hablar antes de Mateo Celeca. Alexander y él eran amigos desde que estudiaron juntos en el instituto.

–Tendremos los resultados de las pruebas en una semana –añadió Alexander.

Natalie sintió un ligero mareo. Si Alexander era el padre del niño, sus días como pareja estaban contados. Alexander tendría que ocuparse de Bridget Davidson y su bebé. A ella jamás se le ocurriría interponerse en medio de algo así.

–En ese caso, sospecho que vas a pasar una semana muy intensa –dijo en el tono más desenfadado que pudo a la vez que empezaba a subir las escaleras.

–También lo va a ser para ti a causa de la publicidad... a menos que sepamos aprovechar al máximo la situación.

Natalie siguió subiendo las escaleras.

–Por la actividad que he detectado en la inmobiliaria, deduzco que esta mañana no han dejado de llamar de los periódicos. Es el efecto de la fama –añadió Alexander mientras la seguía.

–Un efecto que puede resultar perjudicial. Cuando Phil se entere de que estoy perdiendo el tiempo aquí porque querías hablar conmigo, puede que me quede sin trabajo.

–Yo creo que después de hoy te va dar una buena bonificación.

–¡Sí, claro! Seguro que resulta muy beneficioso estar relacionada con un hombre que supuestamente va a casarse con una mujer mientras otra espera un bebé suyo.

–No todo el mundo opina que dos personas que no congenian deban casarse por el bien de un bebé. Es una receta segura para el resentimiento y la discordia.

–Pero hay un montón de personas anticuadas que opinan que al menos deberían intentarlo –la mayoría de los habitantes de Constance Plains, por ejemplo. Una pandilla de hipócritas estrechos de miras.

Natalie ya había subido la mitad de las escaleras cuando Alexander se situó ante ella, interrumpiéndole el paso.

–Y otro montón de gente diría que soy un hombre de principios por no haber retirado la proposición que te hice.

El corazón de Natalie latió más rápido cuando Alexander se inclinó hacia ella. Era todo lo que un hombre debería ser. Pura convicción, energía y vibrante sensualidad.

Pero no debía olvidar que ya no era suyo.

–Sólo hay un pequeño problema. Ni hemos estado, ni estamos, ni nunca estaremos comprometidos. Eso es sólo una mentira.

–Una mentira que podemos convertir en verdad.

Natalie hizo un sonido de impaciencia y trató de rodear a Alexander para seguir subiendo, pero él la tomó de la mano para impedírselo.

–No puedo hacer nada respecto el embarazo de Bridget, ni sobre el anuncio que hice de nuestro matrimonio. Si me retracto ahora, quedaré aún peor. Zhang está al tanto de la mala reputación de mi abuelo. Ayer logré convencerlo de que cualquier inversión conmigo es segura. Le dije que era un hombre de palabra.

–Un hombre honorable que cumple sus promesas –murmuró Natalie, continuando con la línea de pensamiento de Alexander. Por mucho que se negara a aceptarlo, aquello empezaba a tener algo de sentido.

¿Su falso compromiso afectaba a un asunto de negocios? El mundo de los negocios implicaba imparcialidad, sentimientos controlados, decisiones calculadas.

Pero nada de ello implicaba que ella tuviera que seguir adelante con ello.

–Buen plan, pero estoy segura de que ya has visto sus defectos.

Alexander asintió.

–Puede que la decisión de Zhang no se vea afectada en un sentido u otro por esta historia. Por otro lado, si lo que ha aparecido en la prensa le ha hecho cambiar de opinión, puede que el asunto ya no tenga arreglo. Pero aunque Zhang no quiera seguir adelante con el trato, habré ganado algo más importante. Una esposa.

Natalie se quedó paralizada.

¡Una esposa!

Dejó escapar una risa de incredulidad.

–¡Pero si ni siquiera estamos comprometidos!

Alexander se limitó a sacar una cajita de terciopelo del bolsillo de su pantalón y la abrió.

Natalie sintió que las rodillas se le volvían de goma. Un gran diamante solitario destelló ante su vista. Nunca había visto uno tan deslumbrante, tan perfecto.

Sintió que la emoción le atenazaba la garganta.

Pero todo aquello era un error, de principio a fin. No podía comprometerse con Alexander. Y, desde luego, no podía casarse con él. Probablemente era el padre del bebé de otra mujer. Y aunque no lo fuera, ella no era precisamente la candidata ideal para convertirse en su esposa. No si Alexander quería una familia.

Desde el principio había dejado bien claro que para él era una prioridad tener un hijo y heredero, y ella no podía tener más hijos. Alexander quería que la reputación de su futura esposa estuviera por encima de todo reproche. Pero ella sabía que, en su pueblo, su nombre era sinónimo de escándalo.

Y había algo más. Alexander ni siquiera había

mencionado el motivo por el que un hombre y una mujer se convertían en marido y mujer. Era obvio que la deseaba, que disfrutaba de su compañía y la trataba como a una reina. Pero no la amaba.

Mucho tiempo atrás ella había soñado con un amor en el que ningún sacrificio fuese demasiado grande, en el que lo único que importara fueran la seguridad, la confianza y los sentimientos de la otra persona.

Entonces perdió su bebé y con él toda emoción, excepto el pesar y el arrepentimiento. Conocer a Alexander le había hecho volver a la vida. Aún creía en aquella clase única de amor, tal vez incluso para sí misma. Desde luego, no pensaba casarse sin amor.

Pero aunque estaba segura de que Alexander sería un padre estupendo y comprometido, también estaba segura de que no era capaz de experimentar aquella clase de afecto incondicional por una mujer. Para un hombre como él, el amor implicaba vulnerabilidad. Sólo tenía que recordar la frialdad con que había manifestado las características que aceptaría en una esposa, o la sugerencia que había hecho hacía un momento de seguir adelante con su falso compromiso por motivos de negocios.

Quería una esposa y una madre ideal y la había elegido a ella. Toda una broma del destino.

Necesitando escapar, necesitando respirar, empezó a bajar las escaleras.

—No me hagas esto, Alexander.

—¿Esperabas una oferta más romántica?

Natalie siguió bajando.

—Apenas hace tres meses que nos conocemos.

—Estoy deseando que nos conozcamos mejor.

Natalie pensó que, si Alexander estuviera al tanto de lo ocurrido con su embarazo, saldría corriendo. Aquella noche de seis años atrás aún la perseguía. La idea de revivir todas aquellas horribles sensaciones hizo que se le encogiera el estómago.

—No pienso seguir adelante con tu plan sólo para que demuestres que eres un hombre de palabra.

—En ese caso, hazlo por lo evidente. Porque estamos hechos el uno para el otro.

Alexander no sabía de qué estaba hablando. ¿Cómo podía estar hecho para una mujer que no podía darle hijos? El recuerdo de aquella realidad fue como un puñetazo en el estómago. Se detuvo con la mano en el pomo de la puerta mientras sentía que las lágrimas atenazaban su garganta.

Alexander se acercó a ella y apoyó las manos en sus hombros.

—¿Tan malo te parecería estar casada conmigo, cariño?

Natalie bajó la mirada.

—Podrías ser el padre de ese hijo y ni siquiera lo sabes.

Alexander retiró las manos de sus hombros.

—Hay algo más en todo esto, ¿verdad? —preguntó.

Natalie se quedó paralizada. ¿Habría averiguado algo sobre su pasado?

—Creo que te entiendo —continuó Alexander—, y reconozco que probablemente no era esto lo que esperabas de un matrimonio... tener que cuidar del hijo de otra mujer como si fuera tuyo.

Natalie parpadeó varias veces y se volvió lentamente.

—¿Quieres que ayude a cuidar del bebé?

Compromiso... matrimonio... Natalie no había pensado en la posibilidad de una custodia compartida si el bebé era de Alexander. Y no debía hacerlo porque lo que le estaba proponiendo era imposible. Ya había causado involuntariamente la muerte de un bebé. No podía responsabilizarse de otro, ni siquiera parcialmente.

Apoyó una mano en su vientre y negó con la cabeza.

—No sabes lo que estás diciendo.

Alexander entrecerró los ojos.

—¿No te gustan los niños?

—Los adoro.

—¿Y crees que no podrías querer a un niño que no fuera tuyo?

—Eso no supondría ningún problema.

Alexander tomó las manos de Natalie en las suyas y se las llevó al pecho.

—Tendremos nuestros propios hijos.

—Y eso es lo que deseas, ¿no? —susurró Natalie—. Un hijo, un heredero...

—¿Sabes lo que deseo? Te deseo a ti.

Natalie dejó escapar el aliento.

Alexander había dicho deseo, no amor, dos cosas totalmente distintas.

Pero si aceptaba su proposición, sería madre a

tiempo parcial de un niño. Del hijo de Alexander Ramírez. Había renunciado a toda esperanza...

Se le encogió el corazón.

Ni siquiera debía pensar en ello. Además, seguro que Bridget Davidson querría casarse con el padre de su hijo, especialmente tratándose de Alexander.

Y respecto a su sugerencia de tener hijos propios, era imposible.

Negó con la cabeza con toda la firmeza que pudo.

—No funcionará.

—Dame un buen motivo.

—Es una apuesta demasiado arriesgada.

—La vida es riesgo.

Natalie suspiró.

¿Cómo reaccionaría Alexander si se enterara de que estaba proponiendo matrimonio a una mujer que era considerada poco más que basura en su pueblo y que además no podía darle hijos?

¿La quería y la deseaba? En realidad sólo quería y deseaba lo que ella había estado dispuesta a mostrar al mundo de sí misma.

Alexander cambió repentinamente de tema.

—¿Qué te parece esta casa?

Ocupada con sus pensamientos, Natalie respondió de forma automática.

—Creo que sería una inversión magnífica.

—¿Vivirías aquí?

—Hasta un jeque viviría aquí tan contento.

—En ese caso, ponte en contacto con los dueños.

–Eso es una locura, Alexander.

–Acabas de decir que te parecía una buena inversión.

–¿No te habías enterado? Los agentes inmobiliarios no somos precisamente conocidos por nuestra integridad.

–¿Estás diciendo que no debería fiarme de ti?

Natalie sintió una repentina e inesperada calma y supo que, si en ese instante le hablara de su pasado, todo cambiaría en un instante. Alexander podía encontrar algo mucho mejor. Simplemente no lo sabía todavía.

–¿Y si te dijera que no deberías hacerlo?

–En ese caso tendría que guiarme por mi instinto.

Natalie no tuvo tiempo de moverse, de pensar. Alexander la rodeó con sus brazos y la estrechó contra su cuerpo. Con las puntas de las narices tocándose, la miró a los ojos. Natalie vio un destello de fuego en los suyos y luego fue testigo de cómo se oscurecían.

Cuando ladeó la cabeza para besarla, fue incapaz de apartarse, y cuando sus labios se tocaron se sintió liberada... ¿o más bien condenada?

Alexander alzó el rostro con la respiración agitada.

–No me arrepiento de mi metedura de pata de ayer con el periodista, porque ha hecho cristalizar en mi mente lo que realmente quiero. Quiero un hogar, Natalie. Es hora de sentar la cabeza. Estamos bien juntos. Puede funcionar.

Natalie sabía que debía apartarlo de su lado, decirle lo ciego y confundido que estaba. En lugar de ello, apoyó las manos en su pecho.

–Ponte mi anillo –añadió Alexander.

Desde el día en que se habían conocido, la vida de Natalie había adquirido un matiz surrealista. Los hombres del calibre de Alexander Ramírez no habitaban su mundo, ni tampoco el provinciano mundo de Tallie Wilder. La noche que murió su bebé renunció a sí mismo. No quería encontrar la felicidad. No la merecía.

Sin embargo, ¿cómo podía negar lo que sentía por Alexander? Él le ayudaba a colmar el frío vacío que había quedado en su interior. Cuando estaba con él sentía que se liberaba del peso que había arrastrado consigo durante aquellos seis años.

Pero sabía que no podía haber compromiso. El bebé sería suyo y, cuando lo viera, el instinto protector de Alexander se impondría y querría casarse con Bridget. Estar con su hijo. Y si necesitaba persuadir a Bridget, lo haría. Y ella, la «otra», ¿cómo iba a condenarlos?

–Llama a los dueños.

Natalie parpadeó. Alexander seguía pensando en la casa.

–Ya se está haciendo tarde en Chicago.

–Dudo que a los dueños les moleste que interrumpas su cena.

Alexander estaba hablando en serio y, si realmente quería la casa, ella no podía tratar de persuadirlo de lo contrario. Simplemente habría una mujer distinta a la que él imaginaba viviendo en ella.

Contempló una vez más su implacable expresión y suspiró mientras sacaba su móvil del bolso.

Veinte minutos después, los encantados vendedores aceptaron la oferta de ocho millones y medio de Alexander y pidieron que enviaran la documentación a su abogado.

Aún conmocionada por la velocidad con que había sucedido todo, Natalie guardó su móvil.

–Esta debe de ser la venta más fácil que he hecho en mi vida.

–Y ahora me gustaría ver el resto de mi inversión.

Natalie acababa de obtener una sustanciosa comisión por la venta y no podía discutir. Simplemente debía apartar el otro asunto de su mente. El compromiso, la posibilidad de ser madre a tiempo parcial...

No iba a suceder.

Señaló la parte trasera de la casa.

–Podemos empezar por la cocina.

–No soy cocinero. Quiero ver la planta de arriba –Alexander se encaminó directamente a las escaleras.

Natalie apretó los labios. No pensaba darle la satisfacción de discutir con él. Al margen de cualquier motivo ulterior que pudiera tener Alexander, ella estaba allí como agente de ventas de los Quinton. Debía mostrar al nuevo dueño de la casa la segunda planta.

–Hay cuatro dormitorios, cada uno con su zona de estar individualizada –dijo cuando subieron.

Alexander se asomó a una de las habitaciones.

–Ésta está muy bien.

Natalie lo siguió al interior. Era la habitación de invitados. Su favorita.

–Acababan de decorarla cuando los Quinton tuvieron que irse. Las vistas son tan maravillosas como las del dormitorio principal. Desde aquí se puede ver el puente y...

Natalie escuchó un clic a sus espaldas. Se volvió con el estómago encogido.

La puerta estaba cerrada y Alexander caminaba hacia ella con paso deliberado. Tenía la expresión de un hombre que sabía lo que quería y estaba dispuesto a conseguirlo.

Natalie dio un paso atrás.

–¿Qué haces, Alexander?

–La casa ya es prácticamente mía.

Al ver el brillo de deseo de su mirada, Natalie dio un paso atrás.

–Esto no es apropiado.

–Interesante palabra. Pero yo habría dicho que esto es inevitable.

–Si crees que voy a dejar que me denudes aquí, en medio del día...

–¿Y hacerte el amor largo rato, sin parar? –Alexander se soltó un botón de la camisa–. Sí, cariño, creo que vas a dejarme.

La parte trasera de las piernas de Natalie golpeó contra la cama. Alexander alzó una mano para retirar de su pelo el único clip que llevaba y luego le bajó la cremallera del vestido. La mente de Natalie protestó, pero no hizo nada por detenerlo. En realidad deseaba aquello, y Alexander lo sabía tan bien como ella.

–Eres un desvergonzado.

Alexander le retiró el vestido de los hombros.

–Al menos en lo que a ti se refiere.

La besó profunda y apasionadamente y, cuando la cabeza de Natalie empezaba a dar vueltas, deslizó la boca por su cuello y su clavícula hasta que sus dientes mordisquearon el encaje de la tela de su sujetador. Natalie reprimió un gemido cuando sus pezones se tensaron contra la boca de Alexander mientras su vestido caía al suelo.

Alexander le quitó el sujetador con manos expertas y luego contempló con evidente aprecio sus pechos antes de tomarlos en sus manos para acariciarle los pezones con los pulgares. Cuando inclinó la cabeza para besárselos y juguetear con ellos, Natalie suspiró y echó la cabeza atrás.

Estaba ardiendo.

Con los ojos cerrados, sostuvo la cabeza de Alexander donde estaba.

–¿Está cerrada la puerta con llave?

–No.

–Esto no me parece bien...

–Mentirosa –como si fuera su dueño, y en aquellos momentos lo era, Alexander deslizó una mano entre sus piernas–. Siempre estamos bien juntos –añadió a la vez que le hacía tumbarse de espaldas sobre la cama. Con una rodilla en el colchón, retiró la última prenda que cubría la desnudez de Natalie.

Luego le hizo estirar las piernas sobre el colchón y se las separó. Cuando Natalie sintió que la besaba en la parte interior del muslo, dejó escapar un gritito involuntario.

Se sentía tan excitada, tan expuesta...

—Al menos corre las cortinas.

Alexander sonrió.

—Sabes que me encanta ver tu cuerpo —murmuró antes de deslizar la lengua por su muslo—. Y me encanta cómo sabes.

Cuando besó el centro del deseo de Natalie, primero con gran delicadeza y luego con más fuerza, ella se arqueó y enlazó los dedos entre su pelo.

Alexander conocía sus debilidades. Sabía cómo hacerle volar.

Natalie no había tenido muchos amantes, pero sabía lo suficiente como para estar segura de que su estilo era natural, un talento tan innato como la caza lo era para un halcón.

Cuando Alexander la acariciaba, la amaba, sus preocupaciones se esfumaban en la niebla. Daba igual dónde estuvieran. Sólo anhelaba sentir su calor.

—¿Cuándo te vas a quitar tú la ropa? —murmuró.

La única respuesta de Alexander fue seguir prestándole atención con su experta lengua.

Natalie suspiró de nuevo.

Nadie tenía derecho a hacerlo tan bien...

La espiral de sensaciones que estaba experimentando fue creciendo y se humedeció los labios.

–Alexander... sube aquí.

Alexander deslizó las manos por su estómago y
cuando alcanzó sus pechos comenzó a acariciarle
los pezones hasta que las sensaciones llegaron a ser
tan intensas y poderosas que Natalie podría haber
llorado de placer.

Experimentó durante unos instantes la calma
que suele suceder a la tormenta y luego su clímax
la lanzó hacia las estrellas. Se mordió los labios para
reprimir un grito y aferró la colcha con ambas manos cuando su mente y su cuerpo experimentaron
la intensidad de un placer que no parecía tener lí-
mites.

Cuando, finalmente, las contracciones comen-
zaron a remitir, Natalie apenas tenía energía para
moverse. No se dio cuenta de que Alexander había
abandonado la cama hasta que abrió los ojos.

Estaba de pie ante ella, diciéndole con la mirada que era suya. Sólo suya.

Alargó los brazos hacia él. Alexander se quitó
los zapatos y la ropa y sacó un preservativo de su
cartera. Dejó que Natalie se lo pusiera y luego se tumbó sobre ella.

–Éste será nuestro cuarto –murmuró mientras
la penetraba–. Vas a llevar mi anillo –añadió cuando empezó a moverse.

Natalie lo rodeó con las piernas por las caderas
y deslizó la punta de un dedo por su espalda.

–Ahora no puedo pensar.

–No quiero que pienses. Quiero que sientas –Alexander intensificó el ritmo de sus movimientos y Natalie sintió que se acercaba un nuevo orgasmo–. Mi anillo –insistió.

Fuera el placer que estaba experimentando, o la aterciopelada voz de Alexander junto a su oído, Natalie se dejó convencer. Aquélla era su casa, su nuevo comienzo. Se sentía maravillosamente. Tanto, que estaba aturdida por la magia de todo lo que estaba pasando.

Gimió al sentir que su sexo se contraía a la vez que la espiral de placer crecía más y más...

–Sí –murmuró–. Sí...

Alexander la besó apasionadamente.

Cuando los fuegos artificiales estallaron de nuevo, la estrechó con fuerza entre sus brazos y dejó que una marejada de deliciosas sensaciones los envolviera.

Capítulo Seis

Tras volver al trabajo un par de horas, Alex y Natalie pasaron la noche juntos. A la mañana siguiente, Natalie regresó a su hogar.

No le gustaba referirse con aquella palabra a Constance Plains, pero allí había crecido y había tenido sus primeros sueños. Allí vivía su madre y allí conservaría siempre una parte de su corazón. Volver era duro, pero también catártico.

Miró un momento el anillo de su mano izquierda mientras conducía. Era el sueño de cualquier chica hecho realidad, un diamante solitario de quién sabía cuántos quilates. Alexander había sido tan persuasivo para que lo aceptara... De hecho, no había tenido la más mínima opción de rechazarlo. Sus reservas de encanto y atractivo sexual superaban las de cualquier hombre que hubiera conocido.

Lo cierto era que se sentía muy apegada a Alexander, irremediablemente atraída por su intensidad.

Una sonrisa curvó sus labios a la vez que un rayo del sol de la mañana incidía en el diamante. Su destello hizo que Natalie se protegiera los ojos a la vez que un enorme camión que pareció surgir de la nada hizo sonar su poderosa bocina al pasar junto a ella.

Natalie hizo girar instintivamente el volante a la vez que pisaba el freno y el coche viró con brusquedad hasta quedar detenido en el arcén. Conmocionada por el susto, apoyó la frente en el volante.

Asombrosamente, en aquellos momentos no pensó en el accidente que había estado a punto de tener. Sólo podía pensar en el increíble momento en que Alexander le había puesto el anillo en el dedo.

Alexander sentía cariño por ella. Sabía que era sincero cuando decía que quería que fuera la madre de sus hijos. Pero no sabía nada sobre ella. No sabía que nunca podría darle un heredero legítimo. Además, su propuesta de matrimonio tenía otra meta: conseguir que la publicidad de su compromiso ejerciera un efecto beneficioso en sus tratos comerciales con el señor Zhang.

Pero ella también tenía otra meta: un bebé que algún día, hasta cierto punto, la vería como una madre.

Alzó la cabeza y miró de nuevo el anillo. Aquel día May Wilder iba a averiguar que su hija había aceptado casarse y que su prometido no sabía nada de su pasado.

Con un tembloroso suspiro, puso el coche en marcha y volvió a salir a la carretera. Media hora después lo detenía en el pequeño sendero de entrada a casa de su madre.

May debió de oír el sonido del motor, porque salió al porche cuando Natalie aún se encaminaba hacia la casa.

Con una sonrisa en el rostro, dejó en su hombro la toalla que sostenía en las manos y extendió los brazos hacia su hija. Cuando la abrazó, Natalie apoyó el rostro en su hombro, deseando que su padre también estuviera allí.

Tras un largo momento, May se apartó y miró a su hija con los ojos llenos de amor y orgullo.

–Tienes un aspecto estupendo, Tallie.

Natalie sonrió.

–Tú también.

Pero lo cierto era que el pelo de su madre estaba encrespado y sus hombros parecían ligeramente hundidos. Natalie reconoció en su mirada lo que ya había visto en su última visita. Su madre se sentía sola. Natalie le pidió que se fuera a vivir con ella cuando murió su padre, pero May se negó. Allí era donde había vivido con Jack, dijo, y no tenía ninguna intención de irse de allí.

Con su expresión de valentía habitual, May enlazó un brazo con el de su hija y entraron en la casa.

–He preparado un asado para comer. Las patatas se están tostando.

Natalie entró en el ordenado cuarto de estar. Los mismos cuadros de siempre colgaban de las paredes. El entorno resultaba reconfortante, pero también inquietante.

Había recuerdos en cada rincón.

–Huele de maravilla –dijo Natalie mientras se sentaba en el sofá.

–¿Qué tal el viaje desde Sidney?

–Se me ha pasado volando.

—Tengo tu habitación lista en caso de que quieras quedarte.

—Lo siento, pero no puedo. Mañana trabajo.

—La invitación siempre está en pie, ya lo sabes.

Antes de sentarse junto a Natalie, May se fijó en el anillo que llevaba su hija. Natalie se lo había dejado a propósito para obligarse a contar la verdad. Pero en aquellos momentos tenía el estómago encogido a causa de la culpabilidad. No estaba deseando mantener aquella conversación. Le recordaba a otra del pasado, sólo que en esta ocasión no era ella la chica que se había metido en líos.

Respiró profundamente para calmarse a la vez que alisaba su falda.

—Tengo que contarte algo.

—¿Sobre Alexander Ramírez?

Natalie frunció el ceño.

—¿Ya se ha publicado la historia en el periódico local?

May sonrió.

—También recibimos los periódicos de la ciudad aquí, en la Conchinchina.

—Según recuerdo, no solía interesarte ni el uno ni los otros.

—Pero a mis vecinos sí.

—Por supuesto. Debería haber visto las señales de humo extendiendo la noticia cuando he llegado.

A pesar del tono sarcástico de Natalie, May tomó su mano y sonrió.

—Parece muy atractivo...

—Alex es... muy bueno conmigo.

–Seguro que sí.

–Es un inversor. Invierte en las ideas o proyectos que le interesan de otras personas.

–También había un comentario sobre eso.

Natalie asintió mientras trataba de buscar las palabras adecuadas. Su madre no había sacado a relucir la otra información contenida en el artículo, la que decía que otra mujer aseguraba estar embarazada de Alexander.

Sabía que su madre le daría su apoyo incondicional en cualquier circunstancia, pero no soportaba pensar en los chismorreos y cuchicheos que tendría que soportar por parte de sus vecinos.

–Aún no es seguro que Alexander sea el padre de ese bebé –dijo finalmente, y su madre parpadeó varias veces.

–¿No? El periodista parecía muy seguro de ello.

Natalie resopló. El periodista era un canalla.

–Alexander tiene un amigo médico que va a hacer una prueba de paternidad.

May se arrimó a ella en el sofá.

–Quiero que recuerdes que esto no es culpa tuya. No habrías aceptado casarte con él si lo hubieras sabido.

Natalie bajó la mirada.

–Es un poco más complicado que eso.

¿Pero cómo podía explicarse?

«Llevo el anillo de un hombre que no sabe nada de mi pasado, que no sabe que no puedo concebir sus hijos. Sé que tengo que decírselo, y cuando lo haga será el final. Pero no puedo evitar pensar en el bebé, en darle todo el amor que no pude darle al mío».

Natalie estaba a punto de llorar cuando su madre la abrazó.

–No tienes por qué seguir adelante con ello si no quieres

Natalie cerró los ojos con fuerza. Su madre no entendía. Ni siquiera ella estaba segura de entenderlo.

–¿Lo amas? –preguntó su madre.

Natalie permaneció pensativa. Amaba a sus padres y había amado a su bebé. Después de aquel trágico día seis años atrás, no quiso volver amar a nadie nunca más. No se creía capaz.

–Alexander y yo... nos llevamos muy bien –murmuró.

–Eso siempre es buena señal.

–Me trata como a una dama.

–Así debe ser.

–Pero no sabe... no sabe...

Natalie tuvo que morderse el labio para contener la repentina emoción que la embargó.

Su madre la abrazó con fuerza.

–Siempre has sido una buena chica, Tallie. Incluso las buenas chicas pueden cometer un error.

Pero Natalie se apartó y gruñó. Estaba harta de sentir que tenía diecisiete años.

–Ojalá pudiera volver atrás el tiempo... –si no hubiera tropezado aquel día... si su bebé hubiera sobrevivido–. Me gustaría poder apartar definitivamente todos esos horribles recuerdos de mi cabeza.

A veces creo que lo he logrado, pero lo único que logro es apartarlos temporalmente.

–Fue la voluntad de Dios.

–Entonces, ¿por qué me siento tan responsable?

–Porque eres una persona muy cariñosa con un gran corazón. Por eso creo en ti. Por eso siempre he creído en ti.

Natalie contempló la cálida expresión del rostro de su madre.

–Si el bebé es de Alexander, debería casarse con la madre de su hijo... ¿no crees?

«No conmigo».

Ni siquiera cuando ella ya casi podía sentir aquel bebé entre sus brazos y sabía las nanas que le cantaría.

La expresión de su madre se animó.

–¿Sabes lo que pienso de verdad?

Natalie negó con la cabeza.

–¿Qué?

May apoyó una mano en la mejilla de su hija y Natalie vio que sus ojos brillaban a causa de las lágrimas. Pero enseguida se levantó y la animó a hacer lo mismo.

–Creo que necesitamos una fuerte taza de té –nuevamente animosa, May tomó a su hija de la mano y la llevó hasta la cocina–. Después de comer iremos a visitar a la señora Heigle. Le encanta verte.

***

El sol ya se estaba poniendo cuando Natalie emprendió el viaje de regreso. Apenas se había alejado una milla cuando se cruzó con un coche y algo le llamó la atención. El vehículo en sí no tenía nada de especial, pero la breve imagen que tuvo del conductor la intrigó.

Pasaron varias millas más hasta que finalmente rió sin humor y movió la cabeza.

El conductor era pelirrojo, sí... pero eso no significaba que fuera el periodista de la otra noche. Además, si él, o cualquiera, hubiera querido obtener información sobre ella, Internet y el teléfono habrían sido más rápidos que un viaje de ida y vuelta de ocho horas como el que ella estaba haciendo.

No llegaría a Sidney hasta las nueve. Tras un par de noches en las que apenas había dormido cuatro horas, estaba deseando acostarse. Ni siquiera los pensamientos sobre Alexander y su incierto futuro le impedirían dormir profundamente aquella noche.

Varias horas más tarde, exhausta, entraba en el aparcamiento del edificio en que tenía su apartamento. Mientras lo hacía se fijó en un Audi R8 aparcado junto a la acera. No solían verse muchos coches como aquél.

Entró en el garaje y, cuando salió del coche, encontró a Alexander esperándola.

Parecía especialmente serio.

–Son más de las nueve –dijo a la vez que la tomaba por el codo–. Empezaba a preocuparme.

71

Natalie se sintió conmovida por su preocupación, pero también irritada.

–No tenías por qué preocuparte –replicó. Llevaba seis años haciendo aquel viaje y seguiría haciéndolo muchos años. Miró un momento a Alexander–: ¿Por qué estás aquí?

¿Habría sucedido algo con Bridget y el bebé?

–Ha sido un día muy ajetreado –contestó Alexander mientras se encaminaban al ascensor–. He tenido que tomar algunas decisiones. Decisiones que te afectan.

–¿Se encuentra bien Bridget?

–He hablado con ella para concertar una cita con Mateo. Me ha dicho que lamenta mucho lo que está sucediendo y me ha pedido disculpas por involucrarme en ello.

Natalie sintió que su corazón se detenía un instante. Bridget parecía una mujer dulce, alguien que merecía un buen hombre a su lado.

–Supongo que le habrás dicho que te sientes tan responsable como ella de lo sucedido.

–Como ya he dicho, si soy responsable de su embarazo, tanto ella como el bebé podrán contar conmigo.

Natalie volvió a mirarlo mientras subían en el ascensor. Parecía tan preocupado... ¿Habría acudido allí para decirle que había cambiado de opinión? Tal vez, después de hablar con Bridget había decidido que, si el bebé era suyo, debía ofrecerle algo más que su apoyo. Quedarse con la madre de su hijo sería lo moralmente correcto.

Natalie no podía olvidar cómo había huido Chris Nagars de sus responsabilidades. No le había dado la espalda sólo a ella, sino también a su bebé.

Pero ella tampoco era precisamente un ángel. Había tenido sus propios motivos para engañarse a sí misma y aceptar el anillo de Alexander. Pero la realidad era que Alexander debía centrarse en Bridget y en el bebé, y ambos lo sabían.

–He hablado con tu jefe.

Natalie se tensó al escuchar aquello.

–¿Sobre la mansión Quinton?

–En parte. Ya que no estabas, le he pedido que arregle el contrato para poder ocupar la casa cuanto antes.

–¿Piensas trasladarte ya?

–Sí. Contigo.

El corazón de Natalie se detuvo de nuevo. No entendía nada. Se pasó una temblorosa mano por el pelo.

–Supongo que no te has planteado consultármelo antes, ¿no?

–No después de ver las noticias de las seis.

Natalie miró un momento a Alexander antes de comprender.

–No puedo creerlo –murmuró al pensar que su vida privada estaba siendo aireada por televisión–. ¿No tienen nada mejor que hacer?

–Parece que no. Incluso han sacado a relucir algunas imágenes de la época dorada de mi abuelo –Alexander frunció el ceño–. Hasta hace media hora había un equipo de televisión esperando ante

73

este edificio. Temía que te hubieran seguido... Afortunadamente estás a salvo, pero ten por seguro que volverán.

Natalie sacó la llave de su apartamento y abrió la puerta.

–Aunque me traslade de aquí a otro sitio, siempre pueden ir a buscarme al trabajo.

–No tienes que ir al trabajo.

–¿Disculpa?

–Estás de vacaciones. Lo he organizado con Phil.

Aturdida, Natalie rió sin humor.

–¿Con Phil? –repitió, incrédula.

–Está de acuerdo en que te tomes un tiempo libre.

Ya no se sentía cansada. ¡Sólo enfadada!

–¿Y yo no tengo nada que decir al respecto? ¿No podías haberme llamado al móvil para consultarme?

–No quería molestarte con el viaje que tenías que hacer. Ya tienes bastantes cosas en las que pensar.

–Desde luego –murmuró Natalie mientras entraban.

–De momento es lo mejor –dijo Alexander.

Natalie dejó la llave en la cómoda de la entrada. Le molestaba que Alexander hubiera hablado con Phil sin su consentimiento. Probablemente, su jefe temía que aquella publicidad resultara negativa para su negocio.

Lo cierto era que le debía mucho a su jefe... y que hacía casi dos años que no se tomaba unas vacaciones. En aquellos momentos se sentía física y mentalmente exhausta.

Se apoyó contra la pared y se quitó los zapatos.

¿Por qué luchar contra ello? Tal vez no le vendrían mal unos días de descanso.

No queriendo ceder con demasiado facilidad, se encaminó hacia la cocina.

—¿Y cuánto tiempo habéis decidido que debo tomarme libre?

—Phil ha dicho que todo el que necesites.

—Supongo que querrá que vuelva, ¿no?

—¿Después de una venta como la que hiciste ayer? —dijo Alexander—. No creo que haya ninguna duda al respecto.

—La venta de ayer no tuvo nada que ver con mi habilidad.

—No te subestimes —Alexander siguió a Natalie al rincón de la cocina en que estaba el hervidor—. Yo estaba comprando en serio y tú llevaste el asunto como una auténtica profesional. Serías una empleada muy valiosa para cualquier equipo. Incluyendo el mío.

Natalie lo miró por encima del hombro y vio que sonreía. Aquel hombre no podía evitar resultar sexy en todo lo que hacía.

—No estoy buscando otro trabajo.

—Oh, en mi caso, nuestra afiliación sería meramente personal.

Cuando Alexander la tomó por la cintura y le hizo volverse, Natalie sintió que la mitad de su fatiga se disolvía para ser sustituida por otro sentimiento más provocador. A pesar de todo, trató de mirarlo con seriedad. Se salía con la suya con demasiada facilidad. Apoyó las manos contra sus pechos–. Estás volviendo a camelarme con tu encanto.

–¿Está funcionando? –murmuró Alexander a la vez que se inclinaba para mordisquearle el lóbulo de la oreja.

Natalie suspiró y echó la cabeza a un lado. No estaba en condiciones de discutir.

–¿Y dónde vamos a ir de vacaciones?

–Es una sorpresa.

–De acuerdo. ¿Qué necesito llevar?

–Algo de ropa ligera.

Natalie alzó una ceja.

–Creía que íbamos a escondernos bajo tierra para que no nos localice la prensa.

Alexander sonrió.

–Hay muchas formas de evitar una bala.

Capítulo Siete

Natalie recogió algunas cosas y luego se fueron a la mansión de Alexander sin incidentes.

Pero era obvio que todo lo sucedido durante aquellos días la había dejado agotada. Cuando Alexander aparcó el coche ante la mansión Quinton, que ya había pasado a ser la mansión Ramírez, Natalie apenas podía mantener los ojos abiertos.

Alexander rodeó el coche para abrirle la puerta y, tras observarla un momento, se inclinó para tomarla en brazos.

—Menos mal qué he ido a hablar con tu jefe —dijo mientras se erguía—. Es evidente que necesitas tomarte unos días de descanso.

Natalie estaba demasiado agotada como para protestar, pero también tenía su orgullo.

—No hace falta que me lleves en brazos —murmuró.

Alexander hizo caso omiso de sus protestas y, sin dejarla en el suelo, abrió la puerta de la casa, pasó al interior y se detuvo un momento bajo la gran araña de luces que colgaba del techo.

Firmemente presionada contra su pecho, Natalie experimentó una sensación de luminosidad en su interior que no supo cómo describir. Irrealidad, predestinación...

Se sentía casi amada.

¿Sentiría lo mismo Alexander?

Alexander alzó el brazo con el que le sostenía las piernas para pulsar un interruptor que hizo que se encendiera la araña. Luego miró a Natalie.

—Estás realmente agotada, ¿no?

Natalie reprimió un bostezo y trató de despejarse. Sentía que pesaba como un saco de cemento.

—Estoy bien, en serio. Ya puedes dejarme en el suelo.

Pero Alexander hizo caso omiso de sus palabras y se encaminó hacia la sala de recreo de la mansión. Tras encender la luz fue a dejar a Natalie en una de las cinco *chaise lounge* que se hallaban situadas en semicírculo ante una gran pantalla de televisión.

—No soy una inválida —protestó ella sin convicción.

Alexander se inclinó para besarla con delicadeza en los labios.

—No seas testaruda, cariño. Deja que esta noche me ocupe de ti.

Natalie no dijo nada. Aquella *chaise lounge* era realmente cómoda...

—¿No vas a protestar? —Alexander se irguió y asintió con una sonrisa—. Muy bien. Voy a recoger tus cosas del coche y luego tengo que hacer una llamada que no puedo posponer más —se encaminó hacia la puerta, pero antes de salir se volvió y dijo por encima del hombro—: Luego iremos a la cama.

Natalie se arrellanó en la *chaise lounge*, deseando

que la situación fuera tan sencilla y cotidiana como aparentaba. Se había trasladado a vivir con su atractivo novio, un respetado hombre de negocios que la trataba como a una princesa. ¿Pero cuánto tiempo duraría aquella ilusión?

Algunas personas vivían felices, entre algodones. Otras tenían la fuerza necesaria para superar las pruebas más duras. Ella se había enfrentado a una de las peores, la muerte de un hijo. Ahora se enfrentaba a otro reto; tenía que esperar a saber si Alexander era el padre del bebé de Bridget.

A pesar de que era obvio que estaba haciendo todo lo posible por protegerla de la prensa, si la prueba de paternidad resultaba positiva, ¿elegiría el camino tradicional para resolver el dilema? ¿Se casaría con Bridget y se convertiría en padre a jornada completa?

Frunció el ceño y se acurrucó aún más en la *chaise lounge*.

Por fuerte que fuera la atracción que existía entre ellos, por mucho que anhelara la compañía de Alexander, si éste planeaba quedarse con Bridget, comprendía y apoyaba su decisión mucho más de lo que él podía imaginar.

El sueño empezaba apoderarse de ella. Cerró los ojos y suspiró profundamente.

Si Alexander elegía a Bridget, no tendría por qué enterarse de nada sobre su pasado, y ella no tendría que soportar que la mirara con una mezcla de compasión y reproche.

Como ella se miraba a veces a sí misma.

***

Cuando despertó a la mañana siguiente se sentía totalmente despejada y en forma. Se tomó un buen rato antes de abrir los ojos.

La luz del sol entraba por el resquicio de algunas cortinas.

Se frotó los ojos y trató de orientarse.

No estaba en su dormitorio. Ni en el de Alexander. Estaba en un salón de la mansión Quinton. La noche anterior Alexander se había ido diciendo que volvería pronto, y ella debía haberse quedado dormida.

Se estiró perezosamente a la vez que volvía la cabeza.

Alexander estaba sentado en la *chaise lounge* más apartada de la suya, con un codo apoyado en el reposabrazos, contemplando atentamente una especie de moneda que sostenía en la mano, como si fuera a revelarle los misterios del mundo.

Cuando volvió la cabeza, un mechón de pelo cayó sobre su frente y el corazón de Natalie latió más deprisa. La sonrisa que le dedicó fue abiertamente masculina y maravillosamente tentadora.

–Te has despertado –dijo a la vez que bajaba las piernas de la *chaise lounge*.

Llevaba el torso desnudo y unos vaqueros que se ceñían como un sueño a sus caderas. No llevaba abrochado el botón y, mientras avanzaba hacia ella, Natalie tuvo que hacer verdaderos esfuerzos para no bajar la mirada por debajo de su ombligo. Se detuvo ante ella y apartó con una mano el mechón de pelo de su frente.

No podía saber lo sexy que era y hasta qué punto podía excitarla con cada uno de sus movimientos.

—¿Has dormido bien?

Natalie volvió a estirarse y sonrió.

—Me siento como si hubiera dormido cien años.

—Cuando volví de hacer la llamada y te encontré dormida no quise despertarte.

A pesar de su dilema, Natalie pensó en el dormitorio, en lo bien que lo habían pasado en aquella cama, y deseó que Alexander la tomara en brazos y la llevara arriba.

Temiendo a medias que su expresión revelara sus pensamientos, preguntó:

—¿Tú también has dormido aquí?

—Un poco.

La moneda que Alexander sostenía en la mano captó un rayo de sol y destelló, llamando la atención de Natalie.

—¿Qué es eso?

—Una herencia familiar.

Alexander le mostró la moneda, que parecía muy desgastada y antigua y tenía una especie de inscripción en la superficie.

—Parece muy vieja.

—Es un doblón español acuñado en la época de Isabel y Fernando —dijo a la vez que se la ofrecía.

Natalie dudó antes de tocar algo tan valioso. Debía de valer una fortuna.

—Prometo que no lleva fantasmas incluidos –dijo Alexander con una sonrisa–. Al menos, que yo sepa.

Al ver la expresión divertida de Alexander, Natalie rió y extendió la mano. Alexander puso la moneda sobre su palma.

—Es pesada. Y no demasiado redonda.

—Los doblones de fabricaban con una onza de oro y se acuñaban a mano. Éste ha pasado de generación a generación en mi familia. Del primogénito de un Ramírez al primogénito de otro.

De manera que ése era el motivo por el que Alexander estaba observando la moneda con tanta atención. Había estado pensando que, si el bebé de Bridget era suyo y además era un chico, según la tradición la moneda le pertenecería a él.

—El hijo mayor de cada generación recibe la moneda del día que cumple veintiún años –explicó Alexander–. Mis padres organizaron una gran fiesta cuando me llegó el turno. Fue la primera vez que vi lágrimas en los ojos de mi padre.

Natalie le devolvió el doblón tras contemplarlo un momento.

Ojalá pudiera darle ella ese hijo. Ojalá pudiera ver en sus ojos la misma emoción que él percibió en los de su padre cuando le entregó la moneda...

—La llamada que hice ayer fue a una casa especializada en numismática.

—¿Quieres vender el doblón? –preguntó Natalie, asombrada.

—Nunca –negó Alexander con firmeza–. Tiene que permanecer en la familia Ramírez. No pienso desprenderme de ella hasta que mi hijo cumpla veintiún años.

Alexander había tenido una buena dosis de aventuras amorosas, pero era evidente cómo veía su futuro. Casado y con hijos, a ser posible con un chico. Un hijo que recibiría aquel tangible recuerdo de quién y qué era por encima de todo.

Un Ramírez.

—Entonces, ¿por qué te pusiste en contacto con esa casa especializada en numismática?

—Para buscar otra moneda en caso de... —Alex exhaló el aliento y carraspeó—. Si el bebé de Bridget es mío y además es un varón, debería ser adecuadamente reconocido. Pero dadas las circunstancias... que yo sepa no ha sucedido antes nada parecido —miró la moneda con expresión pensativa—. Siempre imaginé que el doblón acabaría en manos del hijo de la mujer con que me casara —se encogió de hombros—. Desafortunadamente, el especialista en numismática con el que hablé opina que será muy difícil encontrar otro doblón. Por lo visto, se trata de una de las monedas más solicitadas entre los coleccionistas.

—¿Te pondrás en contacto con otra casa?

Alex miró a Natalie con curiosidad.

—¿Crees que debería hacerlo?

Natalie comprendía el dilema de Alex. Si el hijo de Bridget era suyo, no sabía si debía cumplir con la tradición y entregar el doblón a un niño al que probablemente no criaría, al menos en el sentido tradicional de la palabra.

¿Se estaría preguntando también si Bridget tendría intención de utilizar el apellido Ramírez en el certificado de nacimiento? Tal vez, el padre biológico tenía derecho legal a insistir en ello. De lo contrario, supondría la pérdida de una tradición de siglos. La moneda dejaría de pertenecer al apellido Ramírez.

Con la mente llena de preguntas, Natalie se levantó de la *chaise lounge* y estuvo a punto de caerse. Tuvo que volver a sentarse. Se le había dormido una pierna. Se inclinó para masajearse la pantorrilla.

–Supongo que he estado demasiado cómoda durante la noche –bromeó.

Alex guardó la moneda en un bolsillo y se acuclilló junto a ella para hacer que recuperara la circulación en la pantorrilla.

–¿Qué tal? –preguntó al cabo de un momento.

–Mejor.

Alex siguió con sus masajes.

–¿Tienes hambre?

Natalie no había probado bocado desde que se había ido de casa de su madre el día anterior.

Sonrió.

–Ahora que lo mencionas...

–Bien, porque estoy deseando probar la nueva cocina.

Natalie entrecerró los ojos.

–No sabía que estuvieras interesado en hornos, platos y cosas de ésas...

–Mujer incrédula...

Alex no podía estar más equivocado.

–Tengo toda la fe del mundo en ti –dijo Natalie. Estaba segura de que haría lo correcto.

Alex sonrió, satisfecho. Natalie no podía haber dicho nada más halagador. La tomó de la mano y tiró de ella con delicadeza para que se levantara.

–Vamos a estrenar la cocina.

A pesar de las protestas de Natalie, Alex se negó a permitir que lo ayudara a preparar el desayuno. De manera que Natalie siguió su consejo y disfrutó de una larga y refrescante ducha. Veinte minutos después regresó a la cocina vestida con el albornoz.

Al ver al «chef» ocupado ante el inmenso fogón de la cocina, sonrió y se cruzó de brazos.

–Estoy impresionada.

Alex apartó la mirada del fogón, se atusó un imaginario bigote y dijo con acento francés:

–Tengo muchos talentos ocultos.

Natalie rió.

–No lo dudo –dijo mientras se acercaba a él–. ¿Hiciste la compra ayer por la noche, antes de ir a buscarme?

–He contratado una empleada del hogar. Zelda McFinney vino ayer a limpiar y a ocuparse de llenar la despensa y la nevera.

Natalie simuló hacer un puchero.

–¿Significa eso que no voy a poder ocuparme de lavar la ropa?

–Nunca.

Por la expresión de Alex, había hablado en serio, al igual que había hablado en serio al referirse al doblón; tenía intención de que quedara en el linaje Ramírez. Su linaje directo.

Natalie se ciñó el cinturón de la bata.

No podía evitarlo. Alex estaba soñando si pensaba que podía colaborar con aquello. No iba a tener más remedio que confesarle la verdad. Pero mientras se duchaba había tomado una decisión al respecto.

Si hablaba con Alex ya, no le dejaría opción. Quería una familia e hijos que ella no iba a poder darle, de manera que haría lo que tenía que hacer. Se despediría de ella. Natalie lo sabía y lo aceptaba. Había sabido desde el principio que aquello no podía durar.

Sin embargo, podía retrasar su separación hasta que Alex se hubiera asegurado el apoyo de Zhang y los cotilleos sobre la ruptura de su compromiso ya no pudieran hacer daño. Y con ella fuera del cuadro, Alex podría plantearse con otra perspectiva la posibilidad de casarse con Bridget si la prueba de la paternidad resultaba positiva.

Natalie se alegraba por Bridget. Sabía cómo debía sentirse. Muy sola. Feliz por su bebé, pero preocupada. Todo niño merecía un padre a jornada completa.

Alex removió en la sartén los huevos, que se le estaban pegando.

—¿No debería ser más fácil hacer esto? —protestó.

Natalie hizo un esfuerzo por apartar aquellos pensamientos y sonrió.

—Déjame a mí —dijo a la vez que alargaba una mano para que Alex le entregara la espátula.

Unos momentos después tenía la tortilla lista

para servir, aunque no le había resultado fácil mantener la concentración mientras Alex dejaba un rastro de besos en su cuello.

–Mmm –murmuró junto a su oído–. Sabes tan bien...

–Saborea esto –dijo Natalie, que había tomado un trozo de tortilla con un tenedor.

La sorpresa de la expresión de Alex se transformó en satisfacción cuando lo probó.

–¡Vaya, vaya! ¡Resulta que sé cocinar!

Natalie rió y sirvió la tortilla en dos platos.

Se sentaron a desayunar bajo los rayos del sol que entraban por los amplios ventanales de la espaciosa cocina.

–Éste debe de ser el mejor desayuno que he probado en mi vida –dijo Natalie cuando aún no habían terminado.

–¿Eso quiere decir que tengo el trabajo? –bromeó Alex.

–No me quejaría.

Alex tomó un sorbo de su zumo.

–Mi madre era una gran cocinera, aunque cuando Teresa y yo nos hicimos mayores se convirtió más bien en una supervisora que en una cocinera activa.

–Mi madre también es buena cocinera –dijo Natalie, pero enseguida cambió de tema, algo en lo que se había vuelto experta desde que vivía en Sidney. No quería hablar de su pasado–. ¿Y tu padre? ¿También era un manitas?

–El mejor. Era músico; un genio de la guitarra clásica. Desafortunadamente, yo no he heredado su habilidad. Tengo un oído enfrente del otro –rieron juntos y comieron un poco más–. ¿Y qué le gusta hacer a tu padre? Natalie no pudo evitar que se le encogiera el corazón.

–Murió hace dos años.

–Lo siento, cariño –dijo Alex–. Es duro perder a un padre.

Él había perdido a su padre y a su madre, aunque nunca había mencionado las circunstancias. Natalie lo comprendía. Hablar de algo así no era fácil.

–Mi papá también tocaba un instrumento –dijo, en un esfuerzo por aligerar el ambiente–. El acordeón piano. Tocaba y cantaba llevando el ritmo con el talón mientras nuestro perrito daba vueltas sobre sus patas traseras.

Alex sonrió y la emoción de su mirada conmovió a Natalie.

–Parece que tuviste una infancia feliz.

–Tuve todo lo que necesitaba.

Comida suficiente, una bonita casa y unos padres que la querían.

–¿Cómo eras de adolescente? ¿El ángel que eres ahora, o un diablillo?

Natalie se pasó la servilleta por los labios y trató de contestar sin contestar.

–Seguro que tú eras un santo.

Alex rió.

–Seguro que habríamos hecho buena pareja.

Natalie sintió un repentino pesar por lo que había perdido... y por lo que aún le quedaba por perder. Hizo un esfuerzo por sonreír.

–Yo también lo creo.

Alex apoyó una mano sobre la de ella.

–¿Y ahora?

–Ahora...

«Simplemente quiero pasar el resto de mi vida contigo», pensó Natalie, pero tendría que bastarle con uno o dos días más. Una semana, si tenía suerte. El tiempo que tardara Zhang en comprometerse con el proyecto de Alex. Entonces le diría lo que no iba a querer escuchar, aunque no le iba a quedar más remedio que aceptarlo.

Apartó aquel pensamiento, se puso en pie y contestó con voz animada:

–Ahora creo que hay que fregar los platos.

Alex la sujetó por el cinturón del albornoz cuando pasó a su lado.

–Me sentiría muy decepcionado si no estuvieras desnuda debajo de eso.

Natalie inclinó el rostro hacia él y murmuró.

–¿Y si lo estoy?

Alex la besó en los labios.

–Sentiría la tentación de divulgar otro de mis talentos ocultos.

Consciente de que se refería a su habilidad en la cama, Natalie dijo:

–Creo que ya me has enseñado todo lo que hay que saber.

Alex volvió a besarla y sonrió traviesamente.

–Cariño, eres tan ingenua...

Capítulo Ocho

Natalie nunca había hecho el amor en la silla de una cocina.

«Supongo que sí soy un poco ingenua», pensó cuando Alex le quitó el albornoz y le hizo sentarse en su regazo. Mientras la besaba y le acariciaba los hombros y los pechos, notó cómo se excitaba contra sus muslos.

–¿Por qué no me canso nunca de ti? –murmuró Alex con voz ronca mientras se bajaba el pantalón para liberar su poderosa erección.

Tras ponerse rápidamente un preservativo que sacó del bolsillo trasero, alzó ligeramente a Natalie y luego la dejó caer lentamente sobre su miembro.

Natalie contuvo el aliento, lo rodeó con los brazos por el cuello y empezó a moverse con él... en torno a él.

Se inclinó para mordisquearle la oreja.

–¿Planeas tomarme en cada habitación?

–Planeo disfrutar de ti tan a menudo como pueda.

–Todo los días.

–Cada hora si pudiera.

Alex se puso en pie sin apenas esfuerzo. Natalie lo rodeó con las piernas por las caderas cuando la

–Échalos de aquí –dijo Alex. Tras una pausa, añadió–: Me da igual cómo, ¡pero hazlo!

Colgó y prácticamente arrojó el teléfono contra la pared.

–¿Qué ha sucedido? –preguntó Natalie.

Alex respiró profundamente y la miró.

–Saben que estamos aquí. Era Paul. Le he pedido que se mantenga vigilante. Ha visto a un periodista tratando de saltar la valla.

Natalie tuvo que sentarse en la silla más cercana.

–¿Cómo han sabido...?

¿Habría sido una filtración de su trabajo?

–Hay que parar esto –dijo Alex, que se acuclilló junto a ella y la tomó de las manos–. Haremos una declaración a la prensa. Verán que no tenemos nada que ocultar y entonces nos dejarán en paz.

Natalie sintió una punzada de remordimiento. Ojalá fuera tan sencillo... Deseó que Alex la amara y poder ser la prometida que necesitaba. No se trataba de un simple malentendido que podía aclararse con facilidad. Ella no podía casarse sin amor y Alex no se casaría con una mujer que no pudiera darle hijos. En cualquier caso, tenían que hablar de ello... aunque el corazón le doliera tanto que sentía que iba a morir.

Apartó la mirada, pero Alex apoyó un dedo bajo su barbilla para obligarla a mirarlo.

–Arreglaremos esto y, pase lo que pase... –Natalie volvió la cabeza de nuevo, pero él le hizo volverla de nuevo– te prometo que nos casaremos.

***

Cuando Natalie apartó por tercera vez la cabeza, Alex contuvo el aliento y se puso lentamente en pie.

Sabía que Natalie estaba disgustada por su inesperada declaración al periodista. Estaba, como él, preocupada por el asunto del embarazo de Bridget Davidson. Pero no podía ocultar lo que sentía por él. Sentía lo mismo que él por ella. Eran perfectos el uno para el otro, en el dormitorio y fuera de él. Le encantaban los bebés, serían felices. ¿Qué más podía haber?

¿Por qué estaba evitando mirarlo a los ojos?

–¿Qué es lo que me estás ocultando, Natalie? –preguntó, con el corazón en un puño.

Natalie inclinó la cabeza hacia abajo.

–Dame un momento... por favor –murmuró.

Alex parpadeó, intrigado.

Aparte de la primera vez, siempre había utilizado protección cuando habían hecho el amor. No podía estar embarazada. Lo habría sabido antes de todo aquello.

Y si pensaba que una noticia como aquélla lo enfadaría o disgustaría, estaba equivocada. En todo caso, le haría reafirmarse en su decisión.

Hizo que Natalie se levantara de la silla y la tomó entre sus brazos.

–Puedes decírmelo, cariño.

Natalie alzó la mirada. Sus ojos brillaban a causa de las lágrimas.

–No quería decírtelo...

–Puedes decirme lo que sea.

Natalie asintió lentamente y se mordió el labio.

–Entiendo cómo se siente Bridget.

–Lo sé.

–Sé lo que se siente cuando... cuando...

Alex siguió abrazándola, pero no trato de terminar la frase por ella. Aunque casi estaba seguro de lo que quería decirle, era ella la que tenía que decírselo a su manera. Entonces él la consolaría y le aseguraría que siempre podría contar con él.

Natalie era especial.

Más que especial.

–He estado embarazada –murmuró Natalie contra su pecho.

Alex sonrió como nunca lo había hecho hasta entonces. Era lo que había imaginado. Pronto tendría un hijo. El legítimo heredero que necesitaba.

–Estás embarazada –murmuró junto al oído de Natalie.

Ella negó con la cabeza y lo miró.

–Estuve embarazada. Tuve una hija, Alex. Hace seis años, cuando tenía diecisiete.

Alex parpadeó varias veces, aturdido, y luego se apartó un poco para contemplar la expresión de los ojos de Natalie.

–¿Tienes... un hijo?

–Tuve una hija. Murió la noche que nació.

Alex se llevó una mano a la frente mientras mil pensamientos pasaban por su cabeza. Natalie había tenido una hija de otro hombre. Y la niña estaba muerta.

—¿Y el padre?

—Cuando le dije que estaba embarazada desapareció del pueblo. No vuelto a tener noticias suyas desde entonces.

«Cobarde», pensó Alex.

—¿Lo amabas?

—Pensaba que lo amaba. Tenía diecisiete años.

Alex exhaló el aliento.

Aquello lo cambiaba todo. Sabía lo que quería de una esposa. Esperaba que la mujer con la que fuera a casarse tuviera sus hijos, además de un pasado sin tacha. Un embarazo a los diecisiete años no encajaba con aquella imagen. ¿En qué habían estado pensando los padres de Natalie para permitir que sucediera aquello? Natalie había dicho que había tenido todo lo necesario, y había sugerido que su infancia había sido feliz. ¿Le habría mentido? Y después de aquella revelación, ¿cómo podía confiar en ella?

Natalie no procedía de ninguno de los círculos en los que él solía moverse. Debería haberla investigado, pero no esperaba que su relación fuera más allá de una aventura pasajera. Pero no podía negar que su afecto por ella había crecido. ¿En qué momento habían cambiado sus sentimientos?

Se pasó una mano por el pelo mientras Natalie miraba el suelo. Su preciosa, ardiente y frágil Natalie.

Recriminarle por lo sucedido no tenía sentido. A los diecisiete años era poco más que una niña que debería haber estado protegida. Pero de su confesión había surgido cierta información interesante. Por un lado, estaba claro que Natalie era fértil. Por otro, y al margen de su pasado, aún la deseaba, y si iban a casarse, en lugar de ponerse a juzgarla debía apoyarla.

Centrándose en el presente, se acercó a ella y la abrazó de una forma distinta, con más ternura de la que pensaba que poseía. La besó en la frente y trató de que se relajara haciendo ruiditos de consuelo. Estaba tan rígida...

—Nosotros tendremos más hijos. Tantos como quieras.

Natalie cerró los ojos y negó con la cabeza.

—No comprendes...

Alex pensó en el doblón.

—La vida está vacía sin una familia, sin niños. Hace seis años experimentaste esa sensación de plenitud. Volverás a experimentarla cuando tengamos nuestro primer hijo.

A ser posible, un chico.

—¿Y si te dijera que no veo hijos en nuestro futuro? —preguntó Natalie.

Alex apoyó la frente contra la de ella.

—Entonces te diría que ya te has aferrado a tu dolor suficiente tiempo. Te diría que tu hija se alegraría de que fueras feliz. Te diría que confiaras en mí. Lo que los dos necesitamos es tener una familia. Estoy seguro de ello.

Natalie se limitó a mirarlo con expresión triste y perdida.

Alex estaba pensando en qué decirle a continuación cuando sonó el timbre de la puerta. Exhaló el aliento y le dio un resignado beso en la frente.

–Es Paul. Hablaremos más tarde. Hablaremos todo lo que quieras.

Natalie asintió lentamente e hizo un esfuerzo por sonreír.

–¿Me dejas la llave de tu coche? Necesito salir.

Alex dudó un instante, pero enseguida sacó la llave y se las entregó.

Natalie estaba pálida y las manos le temblaban. No estaba en condiciones de ir a ningún sitio. Pero él no era su guardián... aunque pronto iba a ser su marido.

Capítulo Nueve

–¿Estás completamente segura, Natalie? El doctor que te vio pudo cometer un error.

Natalie estaba sentada en el cuarto de estar de la casa de Teresa Ramírez, sorprendentemente tranquila mientras ésta trataba de racionalizar las noticias que acababa de escuchar.

Había esperado aquella reacción. Era perfectamente lógico que, al enterarse de que una mujer joven y saludable no podía tener hijos, la gente reaccionara así, negándolo, alentando falsas esperanzas.

–Hace un par de años me sometí a una pequeña intervención quirúrgica. El especialista me explicó después que tenía adherencias intrauterinas debido a un raspado realizado seis años antes. Se llama síndrome de Asherman. Significa que tendría dificultades para concebir, y si concibiera, habría muchas probabilidades de que volviera a abortar –explicó, aunque en ninguna circunstancia se arriesgaría a perder otro bebé. Ya había pasado por eso una vez y no pensaba volver a repetir.

–Hay otros médicos –dijo Teresa–. Tal vez alguien podría ayudar. El amigo de Alexander...

Pero Natalie estaba negando con la cabeza. Era comprensible que Teresa tuviera dudas, pero ella no las tenía.

Teresa la observó un momento, como necesitando asimilar la irrevocabilidad de su afirmación.

–¿Le has hablado a Alex de tu embarazo, del bebé que perdiste? –preguntó finalmente.

–En sólo veinticuatro horas, Alex y yo pasamos de una relación sin ataduras a un sorprendente anuncio de compromiso. Alex insistió en que llevara su anillo. Hizo que todo sonara tan real, tan posible...

Una casa preciosa, unos cuantos niños, una vida feliz...

Resignada, Natalie inclinó la cabeza.

–Pero sé que eso es imposible. Planeaba contárselo todo después de que dejara zanjados sus asuntos profesionales con el señor Zhang. Pero cuando Alex se ha enterado esta mañana de que los periodistas han estado merodeando por su nueva casa, ha dicho que teníamos que hacer una declaración pública porque ninguno de los dos tenía nada que ocultar... –se interrumpió y respiró profundamente–. Sabía que el asunto se me había ido de las mano y que tenía que contarle la verdad de inmediato. He llegado hasta lo del embarazo y el aborto...

–¿Se ha mostrado comprensivo?

Natalie sonrió con nostalgia al recordar su reacción.

–Se ha mostrado mucho más comprensivo de lo que habría podido soñar. He visto en sus ojos que lo sentía por mí. Luego ha hablado de lo vacía que resulta la vida sin hijos, que yo también acabaría dándome cuenta y que sería feliz cuando tuviéramos el primero... –tuvo que hacer un esfuerzo para contener las lágrimas–. Entonces se ha presentado Paul y Alex ha dicho que seguiríamos hablando luego.

Teresa dejó la taza de té que estaba tomando.

–¿Puedo hacer algo para ayudar?

–Esta mañana Alex ha dicho que está decidido a crear una familia conmigo. Está tan decidido que, aunque le diga que es imposible, no creo que lo acepte. Como tú, creo que tratará de convencerme de que puede hacerse algo, que puede suceder un milagro. Pero no quiero alentar nuestras esperanzas inútilmente.

–¿Quieres que hable con él?

Natalie asintió. Sabía que Teresa se había sorprendido por su visita. Sólo se habían visto una vez antes. Natalie había acudido a ella porque sabía que Alex la escucharía.

–Si necesito convencerlo, sí. Alex necesita liberarse de esto. No quiero que nadie sufra a causa de una falsa ilusión.

Teresa cruzó las piernas y rodeo con las manos su rodilla.

–Sé sincera. También estás pensando en Bridget Davidson y en su bebé.

–Por supuesto.

–Aún no está demostrado que el bebé sea hijo de Alex.

–Estás sugiriendo que, si Bridget se acostó con un hombre, también podría haberse acostado con dos o tres, o cuatro –Natalie había visto la misma acusación en las miradas que aún le dirigían algunos de los habitantes de Constance Plains–. Aunque se demuestre que Alex no es el padre, él admite que hay al menos una posibilidad de que pudiera serlo.

–¿Estás diciendo que debería responsabilizarse del bebé aunque la prueba de paternidad resulte negativa?

–Sólo estoy diciendo que siento que Bridget esté pasando por esto. Es fácil decir desde fuera que podría haberse evitado un embarazo no deseado, que debería haber tenido más cuidado. Pero Bridget no creó sola a su bebé.

Teresa tomó las manos de Natalie entre las suyas con gesto implorante.

–Por favor, espera a que estén los resultados –le pidió.

–No supondría ninguna diferencia. Creo que Alex debe estar con Bridget si el bebé es suyo. Pero si se demuestra que no es el padre, al menos será libre para encontrar a alguien que le dé lo que quiere.

Una familia.

–¿Y si te quiere a ti? –preguntó Teresa–. Me he fijado en cómo te mira.

–¿Y te has fijado en cómo mira el doblón?

Teresa contuvo un momento el aliento antes de asentir.

—También vi cómo lo miraban mi padre y mi abuelo. Siempre se ha dado por sentado que Alex tendría algún día al menos un hijo al que pasar su legado. Pero puede que tú signifiques para él más que eso.

—Los hombres son menos complicados que las mujeres. Sé que le gusto, pero...

—Pero no ha dicho que te ama.

Natalie negó con la cabeza.

Teresa sonrió con perspicacia.

—Debes amarlo mucho.

Natalie sintió que su corazón se encogía, pero irguió los hombros.

—No pienso permitírmelo.

Dejarse llevar por la emoción sólo podía acarrearle sufrimiento. Era fuerte y pensaba seguir siéndolo.

—Ojalá te replantearas el tema, pero si no es así... –Teresa volvió a tomar una mano de Natalie–. Si me necesitas, cuenta conmigo.

Media hora después Natalie estaba de regreso en casa de Alex. Fue directamente a buscar a Alex y lo encontró en el salón. Estaba sentado en un sofá de cuero, hablando por teléfono con los ojos cerrados a la vez que se masajeaba el puente de la nariz.

Aunque pasaran cien años, Natalie sabía que sus

sentimientos no variarían. Su corazón latía más deprisa cada vez que lo veía y admiraba el magnífico tono muscular de su cuerpo, los regios rasgos de su rostro. El hecho de saber que tenían que separarse no afectaba a sus sentimientos.

Alex era el hombre destinado para ella.

El hombre al que podría amar con todo su corazón si se permitiera hacerlo.

—Creo que está cometiendo un error —dijo Alex junto al auricular del teléfono.

Al ver a Natalie, se irguió en el asiento y le hizo una seña para que se acercara.

—Sé que la situación económica no es la ideal —continuó. Asintió mientras escuchaba a su interlocutor—. Respeto su decisión, desde luego. De acuerdo. Comprendo. Espero que podamos asociarnos en el futuro para llevar adelante algún proyecto juntos.

Tras colgar, buscó la mirada de Natalie y trató de sonreír. Alargó una mano hacia ella y le hizo sentarse en su regazo.

—Era Zang —dijo mientras apartaba distraídamente un mechón de pelo de la frente de Natalie—. No va a seguir adelante con el proyecto.

—Oh, Alex —Natalie se mordió el labio inferior a la vez que le rodeaba el cuello con los brazos—. No sabes cuánto lo lamento... Siento que es por culpa mía.

Alex se apartó un poco de ella y la miró con expresión interrogante.

—¿Por qué dices eso?

–Si no hubiéramos estado saliendo, si no hubiera ido esa noche...

–Si el mundo estuviera pintado de naranja con rayas rojas... –la risa de Alex no alcanzó sus ojos.

–¿Estás a tiempo de buscar otro socio?

–Hay otra entidad dispuesta a invertir. El equipo de investigación necesita fondos de inmediato –Alex dejó el teléfono en la mesa–. Lo importante es que el trabajo se llevará a cabo, que la vida de la gente mejorará y que yo viviré para luchar otro día –echó atrás la cabeza y contempló pensativamente el techo–. Menos mal que estamos de vacaciones. Está claro que necesito un descanso.

Natalie no pudo evitar conmoverse pero, aunque no había duda de que aquello había supuesto un golpe para Alex, no podía permitir que se interpusiera en su camino. Había llegado la hora de hablar claro. No podía retrasarlo más.

Se humedeció los labios y tomó aliento.

–Alex, yo...

–Si no te importa, prefiero que no hablemos ahora de Zang. Lo que ahora necesito por encima de todo es a ti. Cuando te miro, nada más importa –Alex sonrió con expresión de desaprobación–. Debo de estar ablandándome.

Conmovida, Natalie apoyó una mano en su mejilla.

Alex era un hombre fuerte, invencible, pero en aquellos momentos parecía necesitarla tanto... No podía evitar desear aferrarse a lo que tenían. Ojalá pudieran seguir siempre juntos.

La mirada de Alex recuperó el brillo.

–¿Te has dado cuenta de que no te he besado en más de dos horas?

Natalie sonrió.

–¿Has estado controlando el tiempo? –preguntó, divertida.

–Cada minuto.

Alex inclinó la cabeza para besarla. Al principio, el beso fue delicado, ligero, pero, poco a poco, la pasión fue apoderándose de ellos, hasta que Natalie sintió que su sentido común se esfumaba a la vez que su corazón latía cada vez con más fuerza.

Cuando se apartaron, mantuvo los ojos cerrados, deseando desesperadamente que Alex volviera a estrecharla entre sus brazos.

«Sólo un momento más. Sólo una vez más».

Alex le frotó la nariz con la suya.

–Tengo una idea. De hecho la tuve ayer, mientras te esperaba.

Natalie regresó a la realidad con un suspiro y apoyó la cabeza en su hombro.

–¿Qué idea?

–Escapemos de Sidney unos días. Tengo una casa en la Costa Dorada. No es tan grande como ésta, pero hay buenos restaurantes y entretenimiento cerca. Está junto al mar, en una playa recluida. Eso es lo que necesito. A ti, y el sonido de las olas bañando la arena.

Natalie se irguió lentamente.

Era un plan muy atractivo, pero también imposible. Por dos motivos. Motivos que no podía ignorar.

–¿No deberías seguir aquí por si...?

–Ha llamado Mateo –interrumpió Alex, anticipándose a su pregunta–. Ya tiene las muestras de Bridget. Sabremos el resultado al finalizar la semana o, como muy tarde, a comienzos de la siguiente –tomó el rostro de Natalie entre sus manos y la miró con expresión implorante–. Tenemos que pensar en nosotros, pasar unos días juntos... El futuro llegará de todos modos.

Capítulo Diez

Aterrizaron en el aeropuerto de Coolangatta a las seis y cuarto de aquella misma tarde. Natalie sabía que estaba saliendo con un hombre muy rico, pero un jet privado era un lujo que no se había esperado. Sólo el vino que les sirvieron durante el vuelo debía de valer más que una semana de renta de su apartamento.

El asistente personal de Alex se había ocupado de que la casa estuviera lista, y una limusina los aguardaba en el aeropuerto.

Natalie se sintió inmediatamente atraída por el sonido del mar y el aire fresco y salino que acariciaba su piel.

Alex le enseñó la casa mientras el conductor se ocupaba del equipaje. El espacioso vestíbulo daba a la cocina y a dos habitaciones y un breve pasillo llevaba al cuarto de estar, desde el que podía salirse directamente a una pequeña playa de ensueño.

Mientras contemplaba el mar, Natalie se abrazó a sí misma y suspiró.

Aquello era el paraíso.

Cuando Alex había sugerido acudir allí, su conciencia había dicho «no» a pesar de que el resto de sus sentidos quería decir que sí. Alex se había llevado una decepción cuando Zhang había decidido retirarse del negocio. ¿Quién sabía qué esperar de la prueba de paternidad? Hoy la había necesitado y, por última vez, para bien o para mal, había cedido.

Cuando Alex la rodeó por detrás con los brazos, apartó aquellos pensamientos de su mente y se apoyó contra él.

Observaron largo rato las olas.

—Ahora sé por qué estaba deseando llegar aquí —dijo Natalie.

—No es una cala privada, pero con las formaciones rocosas que hay a los lados no creo que vengan muchos visitantes —Alex se inclinó y la besó en la sien.

—¿Estás cansada?

Natalie asintió.

—En ese caso, esta noche me controlaré y me limitaré a abrazarte.

—No hace falta que te portes como un caballero por mí.

Natalie se inclinó y besó a Alex mientras las palabras que había dicho antes de salir de viaje resonaban en su mente.

«El futuro llegará de todos modos».

Seis maravillosos días después, Natalie estaba tumbada sobre una toalla en la playa, observando a Alex, que estaba nadando. Habían acudido al casino a ver un espectáculo y habían comido en algunos restaurantes estupendos. Sin embargo, la noche anterior había sido la mejor y más especial, simplemente porque había sido la más normal. Habían cenado en casa un sándwich, habían visto una película en el reproductor de DVD, seguida de un íntimo baño para dos, y después habían dormido de un tirón.

Alex la había despertado poco después del amanecer, deslizando los labios por su brazo. Estirándose, Natalie había girado sobre sí misma y había pegado su cuerpo desnudo al de él. Sus besos fueron lánguidos, pero cargados de una intensa pasión. Y cuando Alex fue deslizando su boca por su barbilla, su cuello, y más abajo aún, apoyó las manos en su cabeza y le permitió tomarse la deliciosa libertad que buscaba. Casi estaba sin sentido cuando Alex la cubrió con su magnífico cuerpo y la penetró.

En aquellos momentos, al ver que Alex salía del agua, lo saludó con la mano. Cuando él le sonrió y luego agitó la cabeza para liberar su pelo de agua, Natalie sintió que su corazón se encogía. El «futuro» ya estaba allí. Alex esperaba noticias de Mateo aquel mismo día. Haber estado juntos aquellos días, disfrutando perezosamente de sus vacaciones, había hecho que las complicaciones que rodeaban sus vidas parecieran sólo un mal sueño.

Alex se dejó caer en la toalla junto a ella, con su bronceado y húmedo cuerpo brillando al sol. Natalie se inclinó hacia él para saborear la sal de sus bíceps, pero Alex agitó la cabeza una segunda vez, rociándola de gotas de agua.

–¡No hagas eso! –protestó Natalie a la vez que se erguía.

Él le dio un rápido beso y habló contra sus labios.

–Ven a nadar.

–Estoy disfrutando de mi libro.

Alex volvió a besarla, pero aquel besó concluyó de una forma mucho más erótica de la que había empezado.

–¿No prefieres hacer un poco de ejercicio?

–¿En qué estabas pensando?

–Ya me has oído –Alex tiró de las braguitas del bikini de Natalie–. En humedecerte...

El cuerpo de Natalie reaccionó al instante. El innato impulso sexual de Alex nunca dejaba de afectarle. Pero si pretendía hacerle el amor allí, al aire libre...

Miró a su alrededor con cautela.

–Me habías dicho que esta playa no era privada.

–Es cierto, pero tampoco hay nadie a varias millas a la redonda.

Con un fluido movimiento, Alex se tumbó sobre ella.

Natalie peinó con los dedos su pelo mientras las gotas caían sobre sus brazos y su pecho. Resistir su encanto no solía ser una opción. Normalmente no quería oponer resistencia... pero Alex no estaba ganando aquel asalto.

–Hay una cama estupenda dentro –murmuró a la vez que deslizaba un dedo por el contorno de su oreja.

–No sé si podré esperar tanto.

–En ese caso, tal vez deberías tomar otro baño. El agua parece lo suficientemente fría.

Alex sonrió.

–Si tú lo dices...

Natalie apenas había tenido tiempo de parpadear cuando Alex la alzó en brazos y se la echó al hombro como si no pesara nada. Al ver que se encaminaba hacia el agua, le palmeó la cadera.

–¡Ni se te ocurra!

Alex se limitó a reír y a seguir caminando hacia el mar. El pelo de Natalie rozó un momento el agua antes de que él la dejara de pie. Estuvo a punto de gritar, pero el agua no estaba tan fría como había pensado. De hecho, estaba perfecta... refrescante y con la temperatura ideal para un día cálido y soleado.

Alex la estrechó contra su cuerpo.

–No temas a los tiburones –dijo a la vez que deslizaba las manos lentamente por sus costados–. Yo te protegeré.

–¿Y quién me protegerá de ti?

Alex detuvo las manos en sus caderas y la atrajo hacia sí.

–¿No te sientes a salvo?

¿Dado el tamaño de aquella erección?

Natalie apoyó las manos contra sus pectorales para mantener las distancias.

–La gente no hace el amor al aire libre en medio del día...

Él rió y volvió a llamarla ingenua con la mirada.

Natalie contuvo el aliento.

Si dejaba que volviera a besarla, estaba perdida. Era posible que aquella playa pareciera desierta, pero seguro que había ojos por todas partes... especialmente de los reporteros. A pesar de todo, Alex parecía tan decidido, tan fuerte, que no se le ocurría cómo escapar.

A menos que...

Se relajó contra él y le ofreció su boca para que la tomara. Cuando él sonrió y bajó la guardia, se escabulló de entre sus brazos y trató de alejarse hacia la orilla.

Pero no fue lo suficientemente rápida. Alex la atrapó por el tobillo y la arrastró sin esfuerzo hacia sí por el agua

Empapada, sin aire, Natalie echó atrás su pelo con un movimiento de la cabeza y apoyó las manos en sus caderas.

Alex rompió a reír.

–No huyas, cariño. Si eso es lo que quieres, prometo comportarme.

Natalie entrecerró los ojos.

–No sé si creerte.

Alex se puso serio a la vez que la tomaba de la mano.

–Puedes creer que te respeto.

Los ojos de Natalie brillaron de emoción antes de sonreír con suavidad.

–¿En serio?

–En serio.

Alex quería que supiera que no iba a echarle en cara su embarazo de adolescente. Enterarse había supuesto una conmoción, pero había aceptado el pasado de Natalie y eso era todo. Lo único que le interesaba era el futuro. Una vez resuelto el asunto de la paternidad, pondrían una fecha para empezar a tener familia.

De hecho, podían empezar en aquel mismo momento...

La sonrisa de Natalie flaqueó.

–Casi me convences.

Alex comprendió que estaba pensando en Bridget, en que tal vez se casaría con ella si el resultado de la prueba era positivo. Debía reconocer que, ante la posibilidad de que el bebé fuera suyo, se había preguntado cómo reaccionaría la primera vez que lo viera. Sentiría una unión inmediata con él, la necesidad de protegerlo y poseerlo?

¿Sería un chico?

Pero todo aquello no podía cambiar lo seguro que se sentía respecto a casarse con Natalie. Tenía que tranquilizarla. ¿Con palabras, con otro beso?

Pero la respuesta parecía obvia.

Tomó a Natalie de la mano y corrió hacia la casa.

–¿Qué haces, Alexander?

Alex se detuvo al cabo de un momento, la tomó por los hombros y la besó en la frente.

–Planeo adorar cada centímetro cuadrado de tu cuerpo.

–Pero...

Alex apoyó un dedo sobre los labios de Natalie.

–Si estás a punto de decir: «Pero estamos en nuestro paraíso privado, donde me siento totalmente segura»... –inclinó la cabeza para besarla en el cuello– no dejes que te interrumpa.

Cuando Natalie ladeó la cabeza, Alex deslizó una mano por su espalda y le soltó el sujetador del bikini.

–Eres insaciable –murmuró ella.

–¿Es eso una queja?

–Es un hecho. Y éste es otro.

Natalie se agachó hasta quedar de rodillas delante de él.

–En lo que a ti se refiere –dijo con voz ronca–, también soy insaciable.

Bajó el bañador de Alex y, tras tomar su palpitante erección en una mano, deslizó la lengua en torno a su sensible extremo en una dirección y luego en la otra antes de metérselo en la boca.

Mientras se endurecía aún más, Alex cerró los ojos y alzó su sonriente rostro al sol.

Cuando Natalie le hacía el amor, él era todo lo que podía ser. Todo y más.

Mutua atracción, respeto mutuo, la mujer ideal...

Eran la pareja perfecta.

Juntos podían formar la familia perfecta.

Capítulo Once

–¿Qué tal si nos movemos?

Alex oyó la sugerencia de Natalie, pero dudó antes de contestar. Había pasado una hora desde que habían llegado a la piscina, y prefería seguir con ella entre sus brazos.

Deslizó una mano por sus voluptuosas y desnudas curvas a la vez que mordisqueaba el lóbulo de su oreja.

–Estoy a gusto aquí.

–¿Y no tienes hambre? Se supone que los hombre tienen apetitos.

–Mis apetitos empiezan y acaban contigo.

La ronca risa de Natalie recordó a Alex los deliciosos gemidos y jadeos que habían surgido de sus labios un rato antes.

Ella suspiró y apoyó la cabeza en su hombro.

–Sería fácil quedarse aquí para siempre.

–¿Por qué no lo hacemos?

Natalie alzó la cabeza y miró a Alex con gesto interrogante. Pero enseguida bajó la mirada, se levantó y se encaminó hacia las escaleras.

Alex contempló su melena negra cayéndole por la espalda mientras subía, sus caderas balanceándose hipnóticamente, seguidas de sus interminables y mágicas piernas...

Una diosa, sí. Tanto por su físico como por su inteligencia y espíritu. Había tenido suerte de encontrarla. Y pensaba conservarla a su lado a cualquier precio.

—Voy a por el libro que te has dejado en la playa —dijo a la vez que se levantaba—. ¿Quieres que salgamos a comer fuera o prefieres que nos quedemos aquí?

Natalie pensó un momento.

—Creo que me apetece un sándwich de ensalada de pollo con mucha mayonesa.

Alex le lanzó un beso.

—Eso suena bien.

Mientras Natalie entraba en la casa, Alex se encaminó hacia la verja que daba a la playa. Al abrirla se quedó paralizado.

Había un niño de unos ocho años cavando en la arena donde Natalie y él habían estado tumbados hacía un rato. Era rubio y delgado y cavaba con un gran entusiasmo.

—Hola —saludó cuando se recuperó de la sorpresa.

El niño se volvió.

—Hola.

Tras saludar, siguió cavando.

Alex sonrió.

—¿Vas a construir un castillo?

—Estoy buscando un tesoro —contestó el niño sin dejar de cavar.

Alex se cruzó de brazos y miró a su alrededor. No había unos padres por ahí, ni un perro. Se acercó al niño.

–No sabía que hubiera un tesoro enterrado por aquí.

El niño dejó caer su pala y sacó una botella de agua de su cinturón.

–Hace cien años unos ladrones enterraron unas joyas robadas en algún lugar de esta playa. Voy a encontrarlas para quedarme con la recompensa –tomó un sorbo de agua y volvió a colgarse la botella del cinturón–. Puedes ayudarme si quieres.

¿Ladrones? ¿Joyas robadas? El niño que había dentro de Alexander no pudo evitar sentir curiosidad.

–¿Cómo sabes que estás cavando en el lugar adecuado?

El niño sacó un mapa de su bolsillo trasero, un trozo de papel arrugado con un montón de trazos azules y rojos. En el centro del papel había una gran cruz negra. La señaló como si aquello verificara su afirmación y luego volvió a guardarse el papel.

–Era un tipo normal y corriente –dijo mientras seguía cavando.

Alex se pasó una mano por la barbilla.

–¿Quién?

–El ladrón. Cuando su hijo se puso malo tuvo que robar un banco para comprar medicinas y luego se convirtió en el gángster más duro de los alrededores.

Alex sonrió.

Buena historia.

–¿Y qué piensas hacer con la recompensa?

–Comprar medicinas, como él.

–¿Para quién?

–Para mi mamá.

–¿Por qué necesita medicinas?

–Tiene cáncer.

Cuando el niño se señaló el pecho, Alex se quedó sin aliento. Parpadeó varias veces y luego masculló una maldición.

El niño lo miró.

–¿Qué has dicho?

Alex carraspeó.

–He preguntado que dónde está tu padre.

–No tengo.

Alex permaneció en silencio. Aquel niño merecía un padre. Todo niño necesitaba un padre.

–¿Vives por aquí? –preguntó finalmente.

El chico señaló con el pulgar por encima de un hombre.

–En la casa que tiene el gran árbol rojo delante.

Alex la conocía. El lugar se había deteriorado desde su última visita. Sonrió y ofreció su mano al muchacho.

–Soy Alexander Ramírez.

El niño dudó un momento y luego aceptó su mano.

–Fred.

Alex frunció el ceño.

–¿Disculpa?

–Fredick Green, como el abuelo.

–¿Está por aquí tu abuelo?

–Hace tiempo que no.

Alex no tuvo valor para preguntarle por su abuela. En lugar de ello se asomó al agujero que estaba cavando el niño.

–¿Te importa si cavo yo también un rato?

Fred le ofreció una pequeña pala azul.

–Avísame cuando estés cansado.

Alex cavó durante unos diez minutos mientras Fred le daba indicaciones y charlaba de sus amigos del colegio y de jugar al fútbol. También le ofreció varias veces agua de su botella.

–No sabía que buscar un tesoro resultara tan agotador –dijo Alex al cabo de un rato–. ¿Tienes hambre?

–Sí.

–¿Te gustan los sándwiches de ensalada de pollo?

–Tengo que volver con mi madre.

–También podemos prepararle un sándwich a ella.

–Normalmente le doy carne vegetal –la pensativa expresión de Fred se transformó en una sonrisa–, pero el pollo también le gusta.

De manera que la playa siempre estaba desierta.

Camino de la nevera, Natalie había visto por la ventana a Alex hablando con un niño rubio y delgado.

Se apoyó en la encimera y contempló un momento la escena. Cuando vio que el niño entregaba una pala a Alex y éste empezaba a cavar, rió.

Formaban todo un equipo; el millonario y el niño.

Se irguió y fue a por su móvil para sacar unas fotos. De vuelta en la cocina, siguió contemplando un rato la escena sin tomar fotos. Acababa de alzar el móvil cuando Alex devolvió la pala al·niño y se encaminó hacia la casa. Natalie dudó, pero tomó la foto de todos modos. Luego tomó otra. Alex era tan maravillosamente masculino... Se imaginó a sí misma contemplando las fotos después de... Cuando la emoción atenazó su garganta, apretó los dientes.

No iba a pensar en eso ahora. No quería disgustarse. El día había sido demasiado perfecto.

Guardó el teléfono y recibió a Alex con una sonrisa.

—¿Quién es tu amigo? —preguntó mientras sacaba el pan de sándwich de la nevera.

—Se llama Fred Green.

—Bonito nombre.

—Pero no las circunstancias del chico. Su madre tiene cáncer.

—Oh... —Natalie sintió que las rodillas se le debilitaban y se apoyó contra la encimera de la cocina.

Ella había perdido una hija y aquel hijo corría el riesgo de perder a su madre. La vida no tenía ni pies ni cabeza. Ni la muerte.

—¿Te ha contado algo más?

—Le gustan los sándwiches de ensalada de pollo, pero su madre prefiere los de carne vegetal —dijo Alex con una sonrisa.

Natalie se volvió y empezó a preparar los sándwiches en la encimera. Alex se acercó a ella y ambos miraron a Fred por la ventana. Seguía cavando como un poseso.

−¿Quiere llegar a china? −bromeó Natalie.

Alex le contó una historia de ladrones, joyas y una recompensa que serviría para comprar medicinas. Cuando acabó, las lágrimas atenazaban su garganta. Aquel niño no sabía lo valiente que era.

Cuando terminó de preparar los sándwiches los envolvió en papel de plata y los metió en una bolsa junto con una caja de leche de la nevera. Luego entregó la bolsa a Alex, que la besó rápidamente en los labios antes de volver a salir. Un momento después, Fred se alejaba por la playa con sus palas y la bolsa.

Alex se quedó largo rato observándolo. Cuando se volvió y vio a Natalie mirando por la ventana, le hizo una seña para indicar que iba a rodear la casa. Tal vez se había dejado algo en la piscina. Un momento después entraba en la casa por una puerta lateral.

−El periódico local −dijo a la vez que lo dejaba sobre la mesa.

Natalie se volvió a mirarlo por encima del hombro. Después de aquellos días y de todo lo que estaba pasando, no sabía si iba a querer volver a leer un periódico en su vida.

−¿Hay algo importante en las noticias? −preguntó, haciendo un esfuerzo por sonar desenfadada.

–Al parecer, hoy publican una foto del equipo de fútbol en que juega Fred.

Natalie suspiró aliviada mientras terminaba de preparar los sándwiches.

–Yo también quiero verla.

Puso los platos en la mesa mientras Alex se lavaba las manos con aire pensativo.

–¿No te preguntas a veces qué pasará con chicos como Fred?

–Esperemos que su madre se recupere.

Aquella respuesta no pareció satisfacer a Alex.

–¿Los enviarán a un orfanato, o a un hogar de acogida? Si le sucede a Fred, ya puede ir despidiéndose de su carrera de futbolista.

–¿Dónde está su padre? –preguntó Natalie mientras se sentaba a la mesa.

–Por mí, como si se está pudriendo en el infierno –murmuró Alexander.

Natalie supo que estaba pensando en sí mismo. En su responsabilidad para con Bridget. En que tendría que comprometerse a fondo si el bebé era suyo. Ella lo comprendía. Le apoyaba. Y en algún momento lograría superar aquello.

O al menos eso era lo que se decía.

Alexander tomó un bocado de su sándwich y, tras comentar lo bueno que estaba, abrió el periódico.

Un instante después Natalie notó cómo se tensaba. Al echar un vistazo al periódico para comprobar el motivo de su tensión, se quedó sin aliento.

No habrá familia para el magnate Ramírez. Su prometida es estéril.

Miró a Alexander. Nunca había visto una expresión más dura en sus ojos.

Natalie esperaba encontrar un momento más adecuado para decir aquello, pero ya no podía ocultarse más tiempo de la verdad.

El momento había llegado.

−¿No vas a decir nada? −aventuró.

−¿Algo como que quiero matar a esos miserables? −espetó Alexander−. Haré que se retracten y luego les denunciaré.

Natalie respiró profundamente para tratar de calmarse.

−Es cierto, Alexander.

−¿Qué es cierto?

−Que no puedo tener hijos −murmuró Natalie.

Alexander la miró entre impaciente y desconcertado.

−Eso es ridículo. Ya tuviste un bebé. Tendrás otro, y conmigo −trató de apoyar su mano sobre la de Natalie, pero ella la retiró.

−Tengo un... problema. Quería decírtelo. Lo intenté...

Alexander la miró un momento y luego asintió con una mezcla de admiración e irritación.

−No soy tonto, cariño. Dices eso con la esperanza de que me case con Bridget. Entiendo lo que sientes y estoy de acuerdo. El bebé debería tener un padre. Si soy responsable, seré el mejor padre que pueda.

–Que te cases o no te cases con Bridget no alterará el hecho de que nunca podremos tener familia propia.

Alexander permaneció un momento en un tenso silencio, mirándola.

–Hablas en serio –dijo finalmente.

Natalie asintió lentamente, dolida por su expresión de horror e incredulidad.

–Me temo que sí.

Alexander se puso en pie.

–Mateo es un experto –murmuró–. Voy a llamarlo ahora mismo.

Natalie lo sujetó por el brazo para impedir que se fuera.

–Hay alguna posibilidad de que pudiera quedarme embarazada, pero también la hay de que aborte una y otra vez –tuvo que carraspear para poder seguir hablando–. No podría soportar algo así, Alexander. No puedo perder otro bebé. Me mataría.

–Seguro que Mateo tendrá alguna solución. Descanso. Medicación...

Natalie movió la cabeza.

–Cuando empezamos a salir no sabía que nuestra relación llegaría tan lejos y con tanta rapidez. En ningún momento se me ocurrió pensar que acabarías implicándote tanto.

Alexander la tomó de la mano para hacerle levantarse y la atrajo hacia sí.

–Estamos hechos el uno para el otro.

Natalie tuvo que esforzarse por contener un sollozo.

—No estás escuchando —Alexander había tomado una decisión equivocada respecto a ella y no quería reconocerlo—. He hablado con Teresa...

—¿Teresa está al tanto de esto y yo no?

—Ella me apoya. Puede que ahora no te lo parezca, pero lo mejor es que aceptemos la verdad y sigamos cada uno por nuestro camino.

Natalie quería darle ese hijo que tanto anhelaba. Pero también quería que la amara tanto como ella...

Tuvo que apretar los labios para contener las lágrimas. Haberse enamorado de Alexander era lo peor de todo. Pero no había alternativa a su separación. No había respuesta a su problema. No había remedio, excepto la despedida.

Alexander le soltó la mano y se apartó. Cuando habló, su voz sonó casi acusadora.

—Deberías habérmelo dicho.

—No fui yo la que puso esto en marcha. Fuiste tú al decirle a aquel periodista que estábamos comprometidos. Ya te dije que no entonces, pero tú insististe.

—No puedes decirme que no quieres lo mismo que yo.

—Claro que quiero lo mismo que tú, Alexander. Pero cuando me case... quiero que sea por amor.

La mirada de Alexander se oscureció.

—Al parecer, no siempre consigue uno lo que quiere.

Luchando contra la urgencia de hacer lo impensable, desmoronarse y romper a llorar, Natalie alzó la barbilla.

—Dijiste que me respetabas. Respétame ahora, por favor.

—¿No estás dispuesta a recapacitar sobre tu decisión?

—No puedo.

Alexander permaneció unos momentos inmóvil. Luego asintió secamente y, con la expresión más dura que Natalie había visto nunca en su rostro, se alejó de ella.

—Recoge tus cosas —dijo por encima del hombro. Natalie creyó notar que su voz se quebraba cuando añadió—: Será mejor que nos vayamos de inmediato.

Capítulo Doce

Tras entrar en el estudio y cerrar la puerta, Alexander fue a sentarse al sofá y dejó caer la cabeza entre las manos.

Lo más trágico de todo era que comprendía el dilema de Natalie, al menos hasta donde podía. Enterrar a un hijo tenía que ser algo horrible, algo que no se olvidaba nunca.

Natalie había dicho que, aunque pudiera quedarse embarazada, había muchas probabilidades de que volviera a abortar, y que no podría soportar volver a perder un hijo.

Pero el luchador que había en él decía que debían intentarlo de todos modos. Tenía un sexto sentido para el éxito y sabía en el fondo de su corazón que podían triunfar en aquello. No necesitaban tener una docena de hijos. Ni siquiera tres. Si pudieran tener uno y...

Se puso en pie y empezó a caminar de un lado a otro del estudio. Nunca se había sentido tan impotente. ¿Cómo era posible que su última aventura «sin ataduras» hubiera llegado a significar tanto para él? Natalie había dicho que no se casaría sin amor. Pero él no podía plantearse aquella posibilidad. Había elegido conscientemente no exponerse así ante nadie. Una cosa era casarse y tener hijos, pero enamorarse de una mujer y perder la cabeza por ella era otra cosa. Había suficientes hombres por ahí como Raymond Chump para probarlo. Unos días a solas con una bella mujer no podían cambiar esa verdad. Sobre todo teniendo en cuenta que Natalie estaba resultando ser todo lo que él había planeado evitar. No le había dejado espacio para maniobrar.

Fue hasta su escritorio y abrió el cajón inferior. Sacó la cartera y, de ésta, el doblón Ramírez.

Había conservado aquella vieja moneda en su caja fuerte desde que tenía veintiún años, pero hacía unos días que la llevaba consigo, tal vez con la esperanza de que sus antepasados le ofrecieran una respuesta a su dilema, un dilema que había llegado a alcanzar proporciones desmesuradas.

Sostuvo la moneda en el puño para sentir su peso y recordar su propósito, y deseó más que nunca mantenerse fiel a la tradición. Quería que aquel tesoro fuera a parar a manos de su heredero. Pero ¿y si ese heredero resultaba ser el hijo de Bridget Davidson...?

Una llamada a la puerta le hizo salir de su ensimismamiento. Respiró profundamente para recuperar la compostura y fue a abrir. Natalie estaba en el umbral, pálida como una sábana blanca.

–Ya he hecho el equipaje. Has dicho que nos íbamos enseguida.

Con aquellas palabras, toda su energía pareció esfumarse.

Alexander apartó la mirada. Si había una respuesta a su dilema, no lograba encontrarla. Sólo sabía que quería tomarla entre sus brazos y decirle que podían encontrar una solución. Había dicho que estaban hechos el uno para el otro y, sin embargo, todas sus creencias le decían que lo mejor que podía hacer era dejar la relación.

Seguro que en cuanto se separaran podría pensar con más claridad y volvería a ser el Alexander de siempre.

–Enseguida recojo mis cosas –dijo.

–¿Cuánto tiempo crees que tardaremos en llegar a Sidney?

Alexander alzó las cejas, sorprendido por las prisas de Natalie.

–¿Tienes algo urgente que hacer?

–Tengo que volver cuanto antes.

Alexander frunció el ceño y la observó más atentamente. Natalie no estaba sólo pálida. De hecho, parecía a punto de desmoronarse.

–¿Qué sucede?

–Mi madre está ingresada en el hospital. La señora Heigle ha llamado para avisarme.

Alexander se pasó una mano por el pelo. No sabía quién era la señora Heigle, y tampoco le importaba. ¿Cuántos golpes más iban a recibir aquella semana?

–¿Ha sufrido un accidente?

–Es su corazón. Al parecer tiene una arteria bloqueada –los hombros de Natalie se hundieron visiblemente–. Necesito acudir a su lado –añadió con voz temblorosa.

–¿Y te parece buena idea conducir cuatro horas desde Sidney a Constance Plains en tu estado?

–Tengo que estar a su lado. Ella haría lo mismo por mí.

Alexander exhaló el aliento.

Claro que su madre acudiría a su lado. Cualquier padre normal lo haría.

Volvió al escritorio, descolgó el teléfono y llamó a su secretario personal. Madison contestó a la segunda llamada.

–¿Puedes organizar las cosas para que el avión esté listo para salir dentro de una hora? Vamos a volar a Constance Plains.

Tres horas después llegaban a Constance Plains. Alexander estaba preocupado.

Natalie apenas había pronunciado palabra durante todo el vuelo. Ni siquiera había querido hablar con Teresa, que había llamado y había preguntado por ella. Ahora, mientras se quitaba el cinturón, parecía especialmente encerrada en sí misma. La energía que solía irradiar parecía haberse esfumado.

¿Se debería a que había renunciado a la esperanza de que su relación pudiera funcionar, o estaría así porque pensaba que era él quien había renunciado?

Pero él se había quedado sin ideas. No podía casarse con ella. No tenía sentido debatir el asunto del «amor». ¿Qué sentido habría tenido hacerlo en aquellos momentos? Además, si el hijo de Bridget resultaba ser suyo...

Madison había organizado las cosas para que tuvieran un coche esperándolos en el aeropuerto. Alexander se puso al volante y Natalie le dio las instrucciones necesarias para llegar al hospital.

Cuando entraron en recepción, se cruzaron con una enfermera que se detuvo al ver a Natalie.

–¿Tallie?

Natalie hizo un esfuerzo por sonreír.

–¿Cómo estás, Miriam?

–Estoy bien –la enfermera saludó a Alexander con un gesto de la cabeza y luego señaló el pasillo–. Tu madre está por ahí, en una habitación privada –se encaminaron hacia el pasillo–. Se ha llevado un buen susto, pero ya está estable. No tienes por qué preocuparte –se detuvieron ante una puerta cerrada–. Si necesitas algo, pulsa el timbre que hay junto a la cama.

–Lo haré. Gracias.

La enfermera apretó cariñosamente el brazo de Natalie y se alejó.

Alexander alzó las cejas.

–No hay duda de que es una ciudad pequeña.

Natalie se encogió de hombros.

–Miriam y yo fuimos a la escuela juntas.

–¿Os habéis mantenido en contacto?

–Aparte de con mi madre, no mantengo el contacto con nadie más de aquí –Natalie se frotó los brazos como si tuviera frío o estuviera irritada–. Me gustaría ver a mi madre a solas, si no te importa.

Alexander asintió.

—Esperaré aquí.

Cuando Natalie cerró la puerta, Alexander miró a su alrededor. No le vendría mal un café y echar un vistazo a su correo electrónico. Pero mucho se temía que iba a volverse loco preguntándose cómo iba a acabar el día.

—Parece un poco perdido.

Alexander se volvió, sorprendido al escuchar aquella voz a sus espaldas. Un hombre mayor de pelo blanco, ojos azules y aspecto de haber acumulado más sabiduría a lo largo de su vida de la que Alexander lograría en varias reencarnaciones, le sonrió.

Alexander le devolvió la sonrisa y se encogió de hombros.

—Algo así.

El hombre le ofreció su mano.

—Soy el doctor Hargons.

—Alexander Ramírez.

—Lo sé —el doctor sonrió con ironía mientras se estrechaban la mano—. Me temo que el pueblo está en ebullición a causa de las noticias sobre Tallie y usted.

Alexander frunció el ceño. Era la segunda vez que escuchaba aquel mote de Natalie.

El doctor ladeó la cabeza.

—La sala de espera está por aquí —empezaron a caminar—. Es una pena que la fama vaya acompañada de la pérdida de intimidad. Habría que meter en la cárcel a algunos de los periodistas que ejercen hoy en día.

Alexander sonrió.

133

–Pienso exactamente lo mismo.

Siguieron caminando un rato en silencio.

–¿Estaba al tanto de la condición de Tallie antes de que apareciera el artículo de hoy en el periódico? –preguntó finalmente el doctor.

–No tenía ni idea.

El doctor no pareció sorprendido. Tal vez sabía más de lo que estaba diciendo.

Alexander se detuvo.

–¿Cuánto tiempo lleva trabajando en este hospital?

–Cuarenta años.

–En ese caso, supongo que usted fue el médico de Natalie cuando dio a luz.

–También fui el que tuvo que darle la trágica noticia.

Alexander asintió.

–Supongo que también fue usted quien le dijo que podría tener problemas en el futuro.

El doctor Hargons lo miró y pareció sopesar su respuesta un momento antes de contestar.

–Un mes después del aborto la madre de Natalie acudió con ella a consulta. Tenía fiebre y la examiné. Las cicatrices del útero pueden extenderse y crecer, lo que puede suponer un problema para la fertilidad. Se puede operar, pero las estadísticas dicen que el treinta por ciento de las mujeres quedan incapacitadas para otro embarazo, o son incapaces de llevarlo a término.

–Pero existe la posibilidad de que se quede embarazada y de que el bebé salga adelante, ¿no?

–Existe esa posibilidad. Pero hay otros factores importantes a tener en cuenta. La niña de Tallie no tuvo la oportunidad de salir adelante. Lógicamente, Tallie se quedó destrozada. Siempre se ha culpado a sí misma de lo sucedido, y el temor a que vuelva a suceder puede resultar abrumador para las mujeres en su condición. La niña de Tallie tenía más de veinte meses y tuvo su funeral. Todo el mundo en el pueblo sabe que Natalie tiene la costumbre de ir a visitar su tumba cada mes. Dada su constancia, seguro que habría sido una madre estupenda.

–Seguro que sí –murmuró Alexander. Y aún podía serlo.

Un movimiento al final del pasillo llamó su atención. Natalie había salido de la habitación de su madre y lo estaba mirando.

Alexander ofreció su mano al doctor.

–Gracias por su franqueza.

–Espero que le sirva de ayuda. Tallie es una chica muy dulce. Merece la oportunidad de ser feliz.

Alexander asintió y se encaminó hacia ella.

–¿Cómo está tu madre?

–Ahora duerme. Pero quiero quedarme un rato.

–Yo también me quedo.

–No tienes por qué hacerlo.

–De todas formas quiero quedarme –Alexander miró a su alrededor–. ¿Quieres probar el café del hospital? O puede que haya una cafetería cercana. No hemos comido nada desde el almuerzo.

Natalie bajó la mirada, enlazó las manos sobre su regazo y luego miró directamente a Alexander a los ojos. Parecía exhausta, apunto de desmoronarse. Fuera lo que fuese lo que iba a decir, era evidente que lo quería decir sólo una vez.

—Aprecio todo lo que has hecho, Alexander —empezó—, pero... lo siento. Preferiría que me dejaras sola.

Alexander se sintió como si lo hubiera abofeteado, pero lo cierto era que ya estaba todo dicho y debería irse. Debería irse de allí y dejar a Tallie Wilder tranquila en su pueblo ocupándose de sus asuntos. Había llegado a pensar que estaban hechos el uno para el otro. Alguna parte especialmente insistente de su personalidad seguía insistiendo en ello, pero su parte más racional decía que debía ponerse en marcha. No quedaba nada que decir.

Tras mirarla una última vez para llevarse el recuerdo de su rostro, de su pelo, de su aroma, irguió los hombros, giró sobre sus talones y se alejó sin mirar atrás. Se sentía hecho polvo, pero se le pasaría. Había llegado a pensar que su futuro estaba unido al de Natalie. Se había equivocado. Podía admitirlo. Nunca había estado más equivocado en su vida.

Acababa de salir al exterior del hospital cuando sonó su móvil. Quería ignorarlo. Prefería encontrar un bar con un camarero comprensivo antes de volar de regreso a Sidney. Pero el teléfono siguió sonando hasta que recordó quién podía ser.

Sacó el móvil del bolsillo y miró el número. Efectivamente, era Mateo. Respiró profundamente y pulsó el botón.

apoyó de espaldas contra la pared más cercana. Mientras la sujetaba con fuerza, le hizo el amor hasta que, de pronto, se quedó muy quieto y los músculos de su espalda se tensaron.

Tras soltar el aliento, siguió moviéndose hasta que alcanzó un punto que excitó aún más de lo que estaba a Natalie.

—Me gusta estar de vacaciones contigo —dijo Alex.

Pero Natalie no podía contestar. La pasión había crecido hasta un punto en que sólo podía concentrarse en el palpitante germen que estaba a punto abrirse en su interior y alcanzar la luz.

—Eres todo lo que un hombre podría desear.

Natalie quería asentir. Quería olvidar que existía algo aparte de aquel momento. De manera que se aferró a él y buscó los labios de Alex.

Sintió que los músculos de la espalda de Alex se contraían a la vez que la colmaba. Tembló al sentir el ronco gemido que resonó en su pecho un segundo antes de alcanzar el orgasmo.

Una imparable oleada de placer se adueñó de ella e irradió a través de sus venas por todo su cuerpo. Abrazando todas y cada una de aquellas sensaciones, enterró el rostro en el cuello de Alex, deseándolo y queriéndolo tanto que sintió que los ojos se le llenaban de lágrimas.

Aquello era mucho más que sexo. Siempre lo había sido; desde su primer encuentro. En aquel momento supo con más certeza que nunca que cada vez estaba más cerca de enamorarse de Alex.

Y aquello era peligroso porque estar con él, tenerlo todo para ella, no sólo era demasiado bueno como para ser cierto.

Era demasiado bueno para durar.

Aún estaban abrazados, jadeantes, cuando sonó el móvil de Alex. Saciada, Natalie apartó el rostro del cuello de Alex, buscó su mirada y sonrió soñadoramente.

Él frunció el ceño.

–No pienses ni por un momento que voy a contestar.

–Podría ser importante.

–«Esto» es importante.

–Podría ser el señor Zhang.

Alex frunció aún más el ceño.

Cuando Natalie se movió contra él, la dejó en el suelo y se subió los pantalones con una mano mientras con la otra tomaba el albornoz.

–¿Vas a contestar de una vez? –preguntó Natalie mientras él le ayudaba a ponérselo.

Rogó para que fueran buenas noticias para él... lo que significaría malas noticias para ella, y antes de lo que esperaba. Pero no podía pensar en eso. Quería que Alex triunfara. En los negocios y en la vida.

Incluso en el amor.

Alex tomó su móvil.

–¿Sí? –asintió una vez y gruñó. Luego golpeó con el puño la encimera de la cocina.

Natalie se sobresaltó. ¿Sería Zhang? ¿Habría dicho que no? ¿O la llamada tendría algo que ver con Bridget y el bebé?

–Ya tengo los resultados –dijo Mateo tras un rápido saludo–. ¿Estás sentado?

Alexander gruñó. ¿Debía maldecir o ver el lado positivo. Al parecer iba a ser padre. Iba a tener ese heredero. Un heredero ilegítimo, por lo visto. Pero si se casara con Bridget, ¿no tendría una esposa más que aceptable y el bebé que quería? Y si era un chico...

Se acercó al banco más cercano y se sentó.

–¿La prueba ha resultado positiva?

–No. Eres libre.

Alexander dejó caer la mano en su regazo a la vez que el sol de la tarde aparecía tras una nube.

–¿Qué has dicho? –Alexander sabía lo que había escuchado, pero quería escucharlo otra vez.

–El resultado de la prueba de paternidad ha sido negativo –tras unos segundos de silencio, Mateo añadió–: ¿Alexander? ¿Estás ahí?

–Estoy aquí –¡y era libre! Libre de pruebas de paternidad. Libre para no volver a cometer el mismo error dos veces, para no volver a enamorarse...

Alexander dejó de respirar, ladeó la cabeza y parpadeó varias veces.

–¿Alexander? Alexander. Di algo.

Alexander agitó la cabeza en un esfuerzo por despejar su mente.

–No sé si es un problema del sol del oeste, de no haber comido, o simplemente de que estoy haciéndome mayor –¿y más sabio? La cegadora verdad se había colado por la puerta trasera. Él no la había invitado. Creía que la había dejado atrás, pero, ahora que había llegado, no podía negarla.

137

Estaba a punto de explicar todo aquello a Mateo cuando una conocida visión giró en la esquina de la calle. Alexander rió en alto e hizo una seña al conductor para que se acercara.

Dos horas después, Natalie bajaba las escaleras del hospital sintiéndose más tranquila respecto al estado de salud de su madre, pero fatal respecto al modo en que había despedido a Alexander hacía un rato. Aunque su expresión no había cambiado, ella había visto el destello de sus ojos cuando había aceptado su decisión y se había ido. En parte creía que había sido un alivio para él.

Se había sentido enferma durante el vuelo. Luego había necesitado tiempo para estar con su madre sin preocuparse por el hecho de que Alexander estuviera esperando fuera, hablando con médicos bien intencionados. Ningún bien podía surgir de conversaciones susurradas. Ella tenía su decisión tomada y le daba igual lo que pensaran los demás de ella o de su situación.

Le habría gustado que Alexander hubiera podido ponerse en su lugar durante un día. No estaba siendo testaruda, sino meramente responsable. No quería volver a pasar por la dura experiencia por la que ya había pasado.

Cuando Alexander encontrara la felicidad con otra mujer, cuando empezara a tener familia, le agradecería que se hubiera mantenido firme en su posición. Puede que incluso encontrara el amor.

Las hojas secas del otoño se arremolinaron en torno a sus pies cando giró en la calle Reliance. Entró en la tienda Toy's para hacer su compra habitual y luego avanzó por Main, la misma calle por la que solía caminar cada primer lunes del mes.

Como de costumbre, las personas que no tenían nada mejor que hacer miraban por las ventanas de sus casas. Natalie estaba segura de que la vieja señora Prindle reservaba a diario el mismo banco fuera de la biblioteca municipal para no perderse nada de lo que pasara. Sus miradas le quemaban la espalda. Pero le daba igual. El bendito aturdimiento se estaba adueñando de nuevo de ella, algo preferible a sentir de continuo cómo se le encogía el corazón en el pecho.

Cualquier cosa era mejor que ésa.

Oyó el ronroneo del prestigioso motor antes de que el Bentley apareciera en la calle junto a ella.

Boquiabierta, dejó de caminar mientras la señora Prindle se ponía en pie. La vieja señora y su bastón volvieron a ocupar su lugar en el banco cuando, como un moderno caballero, Alexander salió de la parte trasera del Bentley.

Natalie estaba tan sorprendida que apenas pudo hablar.

—Pero... ¿cómo...?

—Paul ha conducido desde Sidney —dijo Alexander tras detenerse ante ella—. Ha pensado que tal vez necesitaríamos un medio de transporte para movernos por aquí.

Natalie miró por encima del hombro de Alexander. En el asiento del conductor, Paul deslizó las gafas hacia abajo por el tabique de su nariz y le guiñó un ojo.

Alexander la tomó del codo y empezaron a caminar. Natalie estaba demasiado conmocionada como para protestar.

–¿Puedo llevarte en coche a algún sitio? –preguntó Alexander.

–Prefiero caminar.

Natalie siempre iba caminando. Era un ritual. Una penitencia.

–En ese caso, yo también caminaré.

Nadie, ni siquiera su madre, solía acompañar a Natalie en aquellas visitas. Durante seis años se había aferrado a la tradición con la esperanza de que cada paso la llevara a encontrar la paz que tanto anhelaba. Nunca se había planteado compartir aquellos momentos. Era algo demasiado íntimo. Demasiado privado. Demasiado doloroso.

Se detuvo, reconoció el impulso de guerra que latía en su interior y luego, indecisa, siguió caminando.

Tras caminar juntos unos minutos en silencio, sintiendo las miradas de todos los vecinos clavadas en su espalda, Alexander dijo:

–He hablado con Mateo.

Natalie no pudo evitar un estremecimiento. Apretó contra su pecho el juguete que había comprado, respiró profundamente y trató de sonreír.

–¿Buenas noticias?

La mirada que le dedicó Alexander fue directa e impenetrable.

–La prueba ha dado negativa.

El aire abandonó de pronto los pulmones de Natalie. Una repentina debilidad en las rodillas le hizo tambalearse, pero Alexander la sujetó de inmediato por la cintura.

Aquélla era una buena noticia para Alexander. No era el padre del bebé de Bridget. No tenía obligaciones para con ella. Era libre para buscar y encontrar la prometida perfecta. Para tener la familia perfecta. La familia que ella también anhelaba, pero que nunca tendría...

Natalie hizo un esfuerzo por recuperar la compostura.

Aquella clase de autocompasión no le llevaría a ningún sitio. ¿Y cómo se sentiría Bridget? Ella había pasado por la misma situación hacía unos años. Soltera y embarazada. Debía de estar muy preocupada por su futuro...

–Entonces, ¿quién es el padre? –dijo, y no pudo evitar echar de menos el brazo de Alexander en cuanto se apartó de él.

–Mateo le ha dado los resultados a Bridget primero –explicó Alexander mientras seguían caminando–. Me ha sugerido que la llamara. Bridget se ha disculpado y ha admitido que sabía quién debía de ser el padre. Un músico que su padre desaprueba aún más que a mí, lo que hizo que rompiera su relación con él. Pero después de que Joe Davidson tomara cartas en el asunto y decidiera presentarse en la fiesta de Teresa para hablar conmigo, Bridget decidió ponerse en contacto de nuevo con el músico. Le puso al tanto de la relación que había tenido conmigo y de las pruebas de paternidad –Alexander metió las manos en los bolsillos traseros de su pantalón–. Al parecer, el músico le confesó su amor y le dijo que quería casarse con ella de todos modos. Estaba con ella cuando Mateo ha llamado para darle los resultados –Alexander sonrió, complacido–. Al parecer, el tipo está feliz, y parece que Bridget también.

–Me alegra que le hayan salido bien las cosas –dijo Natalie.

A pesar de que tenía encogido el corazón hasta el punto de que le dolía, a pesar de saber que aquella noticia no suponía ninguna diferencia para ellos, se alegraba de que el tema de la paternidad también hubiera quedado resuelto para Alexander.

Unos minutos después cruzaban las puertas abiertas del cementerio. Siguieron un largo y serpenteante sendero bordeado de flores que les condujo hasta un solitario sauce. Entonces llegó el momento más duro de la visita al cementerio, además del más preciado.

Natalie se arrodilló ante una pequeña tumba adornada con la estatua de un ángel bebé y recogió el juguete que había dejado en su anterior visita. Luego besó la cabeza del osito de peluche que acababa de comprar y lo situó a los pies del ángel.

Estaba perdida en sus pensamientos, recordando la manita de su niña, la alegría de haberla tenido a su lado aunque sólo hubieran sido unos momentos, cuando Alexander se arrodilló a su lado. Natalie no había notado que llevara nada consigo, pero vio que alargaba la mano y dejaba algo entre el osito y el corazón que éste sostenía en las manos. Al captar un destello dorado sintió que se quedaba sin aliento.

¿El doblón?

Sujetó la mano de Alexander cuando ya la retiraba.

–¿Qué haces?

–Tu bebé no conoció a su padre –Alexander buscó con la mirada los ojos de Natalie y murmuró–: Me gustaría ser su padre ahora.

Natalie necesitó unos segundos para asimilar la enormidad del acto de Alexander y en ese instante vio en su mirada que no veía aquello como una renuncia a un legado. No era un sacrificio. Era un acto de sincera y profunda generosidad y apoyo, con el que le estaba haciendo un regalo más precioso de lo que podía imaginar.

También estaba renunciando a algo que valoraba mucho. No sólo el doblón Ramírez, sino también la promesa que iba con éste, la promesa de perpetuar su apellido. En lugar de ello, le estaba ofreciendo su promesa a ella. Una promesa de honor y apoyo. ¿Pero qué podía darle ella a cambio? No tenía nada.

La intensa emoción que se apoderó de ella en aquellos momentos hizo que le resultara imposible contener las lágrimas y comenzó a sollozar.

Alexander pasó un brazo por sus hombros y la estrechó contra su costado.

–Siento haberme portado como lo he hecho en la casa de la playa –murmuró contra su pelo–. No lograba ver la solución, pero ahora me doy cuenta de que tengo la respuesta delante.

Natalie negó con la cabeza.

–No puedo permitir que arrojes tu vida por la borda...

Alexander la tomó por la barbilla y le hizo alzar el rostro para que lo mirara.

–Precisamente ahí está la respuesta. Mi vida está vacía a menos que tú estés en ella. Te quiero, Natalie. Te quiero, tengamos diez hijos o ninguno –ladeó la cabeza–. Sólo espero que tú sientas lo mismo.

El primer impulso de Natalie fue arrojarse entre sus brazos y decirle que también lo amaba, que probablemente lo amaba desde el momento en que se conocieron. Los meses transcurridos desde entonces, al igual que los seis años anteriores, había tratado de someter y conquistar sus sentimientos. Era una liberación poder admitirlos finalmente, al menos para sí misma. Porque no podía decir aquellas palabras en alto. Nada podía cambiar los hechos.

Se apartó de Alexander y se puso en pie.

–Seguro que encontrarás otra mujer más adecuada.

Alguien de su clase, una mujer que pudiera ser una verdadera esposa para él.

Alexander se levantó y le dedicó una sonrisa cargada de ternura.

–No quiero ninguna otra mujer. Estoy convencido de que nunca amaré a otra.

–Pero yo no puedo darte un hijo, y necesitas un heredero. Quieres una familia, hijos...

–¿No has escuchado lo que te he dicho? –preguntó Alexander–. Te quiero.

Con el corazón desgarrado, Natalie pronunció las palabras que tanto le costaban, la horrible e inevitable verdad.

–No sé si te merezco.

La sonrisa de Alexander dio paso a una expresión de intensa emoción.

–Perdónate, Tallie –dijo a la vez que la tomaba con ambas manos por los hombros–. Concédete permiso para amar de nuevo. Estamos hechos el uno para el otro, ¿recuerdas?

Una cálida lágrima se deslizó por la mejilla de Natalie. Estaba asustada. Estaba feliz.

Alexander la amaba...

Pensó en el ángel. En el doblón.

«Estamos hechos el uno para el otro».

–¿De verdad piensas eso? –preguntó con un hilo de voz.

Alexander volvió a sonreír.

–Deja que te demuestre cuánto.

Besó a Natalie como lo había hecho cientos de veces antes. Sincera y profundamente. Pero mientras la sostenía contra sí, Natalie sintió una emoción diferente entre ellos, una emoción brillante, colorida, que los unía como nunca lo habían estado antes.

Cuando el beso concluyó, se sintió de algún modo renacida. Viva como no lo había estado nunca hasta entonces.

Alexander apoyó su frente contra la de ella.

–¿Podrías vivir sin esto cada día de tu vida? Porque yo no puedo...

Una temblorosa sonrisa curvó los labios de Natalie.

–¿No puedes?

Alexander negó con la cabeza.

–Dilo, Natalie. Dilo y así podremos avanzar y empezar a construir una vida juntos.

–Te quiero –dijo Natalie.

Las palabras surgieron con total naturalidad y el mundo no se terminó. Respiró profundamente y volvió a repetirlas.

–Te quiero. No puedo evitarlo. Te quiero –apoyó una mano en la barbilla de Alexander–. Te quiero. Te quiero con todo mi corazón.

Cuando Alexander volvió a besarla, Natalie creyó escuchar el sonido de unas alas batiendo. Tal vez fueron las de algún pájaro que se había detenido en el árbol, pero mientras abrazaba a su futuro marido bajo sus ramas, Tallie quiso pensar que había sido un ángel dándoles su bendición.

Epílogo

Siete meses después

Con un suspiro, Natalie reclinó el respaldo de su asiento y contempló con satisfacción a su marido y a Fred Green mientras jugaban con la pelota en la playa. Alexander y ella llevaban un mes en la casa de la playa y, dado su estado, de lo que más disfrutaba en aquellos momentos era de tomar el sol en el porche.

Bajó la mirada y apoyó una mano en su vientre. Una cálida y maravillosa sensación de bienestar se adueñó de ella.

—No puedo creer que me haya crecido tanto la tripa.

Mateo, su invitado para el fin de semana, dejó su vaso de té helado en la mesa y se apoyó contra el respaldo de su asiento.

—El embarazo te sienta bien. Tanto tú como tu bebé estáis sanos y se nota. No sabes cuántas veces me ha hablado Alexander de lo guapa que estás.

—Eso se debe a que nunca he sido más feliz.

Natalie pensó que todas las mujeres deberían poder disfrutar de aquella sensación de plenitud, de un marido atento y de un precioso bebé en ca-

147

mino... gracias a la primera y apasionada vez que hicieron el amor, la única ocasión en que no utilizó preservativo. Dada su condición, las posibilidades de concebir habían sido muy poco favorables. Su periodo había sido impredecible durante seis años. No había vuelto a pensar en aquella noche hasta que había comprobado con sorpresa que estaba ganando peso.

Volvió a acariciarse el vientre y frunció el ceño.

–¿Crees que será un chico?

Ni Alexander ni ella habían querido saberlo de antemano. Ambos estaban de acuerdo en que les daba igual mientras el bebé estuviera sano.

Cerró los ojos y rogó en silencio.

«Por favor, permite que tenga un hijo sano».

–Alexander estará feliz tengas un hijo o una hija –dijo Mateo–. Su mayor felicidad procede de compartir su vida contigo.

Hacía muy poco tiempo, Natalie aún creía que nunca volvería a experimentar la maternidad. Le aterrorizaba la mera idea de intentarlo. Pero tras enterarse de que estaba embarazada su fe había aumentado. La nueva vida que palpitaba en su interior merecía todo su apoyo, toda su fe y todo el amor que pudiera darle.

Habían pasado las dieciséis primeras semanas, luego veinte y luego treinta. Entretanto, Bridget había dado a luz a una preciosa niña. Les había enviado unas fotos. Natalie se había alegrado mucho por ella y por su marido al recibirlas. Y se había alegrado aún más cuando, un par de días antes, Alexander y ella habían brindado con un batido de chocolate por la llegada de la semana treinta de su embarazo.

Y cuanto más adelante llegara su embarazo, más probabilidades había de que todo saliera bien.

La sonora risa de Alexander llamó su atención y volvió la mirada hacia la playa. Había corrido hacia Fred y tenía una mano apoyada en su hombro mientras elogiaba su última jugada. Un momento después Fred golpeó la pelota con la cabeza y corrió hacia el porche mientras Alexander trotaba tras él, especialmente encantador con su bañador y su blusa de manga corta desabrochada. La elegancia casi felina con que se movía despertó de inmediato el deseo de Natalie... ¡a pesar de que se sentía a punto de reventar!

Fred subió las escaleras del porche.

−¿Has visto mi último disparo, Natalie?

Natalie rió y se inclinó para aceptar el beso que Fred le dio en la mejilla.

−Claro que sí.

Mateo revolvió cariñosamente el pelo del muchacho.

−Seguro que el equipo de los Socceroos está deseando ficharte.

La mirada de Fred se iluminó ante la posibilidad de jugar al fútbol con el equipo internacional de Australia. Con su talento, y el apoyo de Alexander, que podía conseguir que sucedieran las cosas más increíbles, su sueño podía llegar a hacerse realidad.

Alexander sacó un billete de su cartera y se lo entregó a Fred.

–He oído al camión de los helados. No suele venir por aquí a menudo. Compra uno para tu madre también. Le encanta el Turkish Delight.

Siete meses antes, cuando Alexander y Natalie se comprometieron, Alexander volvió a buscar a Fred. Se ofreció a pagar el tratamiento de cáncer de mama de su madre y se ocupó de que tuviera los mejores cuidados. En determinado momento los médicos no estaban muy seguros de que pudiera salir adelante.

Alexander habló con Natalie sobre la posibilidad de adoptar a Fred si sucedía lo peor. Ella lo abrazó y aceptó sin pensárselo dos veces.

Afortunadamente, la madre de Fred había salido adelante y cada vez estaba más fuerte.

Cuando Fred se fue, Alexander ocupó una silla entre su esposa y su mejor amigo.

Natalie se preguntó si era posible enamorarse de su marido un poco más cada día. Cada día parecía más atractivo, más capaz, más confiado y generoso. Cuando la abrazaba por las noches, sentía una indescriptible sensación de paz, de que por fin había encontrado su destino.

Su amor era de los que se daba una sola vez en la vida, la clase de amor que nada podía destruir y que no hacía más que crecer con el paso del tiempo.

–¿Has tenido noticias de los O'Reileys? –preguntó Alexander mientras se servía una taza de té.

Habían puesto la mansión en venta hacía una semana y ya había una personas interesadas.

Sin embargo, había una complicación.

–Quieren que bajemos el precio.

Natalie mencionó la cantidad que ofrecían mientras Alexander bebía su té.

–Acepta.

Natalie parpadeó, sorprendida.

–Es una rebaja muy sustanciosa –comentó Mateo.

–¿Estás seguro? –preguntó Natalie.

Alexander había pasado de ser el hombre empeñado en triunfar a cualquier precio a alguien que veía el mundo tal como era... un milagro del que disfrutar con cada aliento. Sin duda, el dinero hacía que la vida fuera más fácil, pero no podía comprar la felicidad. La felicidad se conquistaba compartiendo el amor y la buena fortuna con otros. Cada vez que Teresa o la madre de Natalie, ya recuperada, acudían a visitarlos, aquella verdad no hacía más que recalcarse.

Alexander cruzó las manos tras su nuca y contempló el mar.

–Te gusta vivir aquí, ¿no? –preguntó.

Natalie apoyó una mano en su muslo y suspiró.

–Muchísimo.

–Yo no necesito un superdespacho en la ciudad –Alexander tomó la mano de su esposa–. Tan sólo te necesito a ti.

Como en señal de protesta, el bebé de Natalie dio una patada que produjo una momentánea protuberancia en el lado derecho de su vientre. Natalie apretó involuntariamente el muslo de Alexander, que se inclinó de inmediato hacia ella.

–¿Estás bien, cariño?

–El bebé se está moviendo tanto...

Natalie sintió otra patada, acompañada en aquella ocasión de una fuerte presión en la parte baja del abdomen. Natalie trató de recuperar el aliento mientras su frente se cubría de sudor. No había querido molestar a nadie, pues sólo faltaban diez días para que saliera de cuentas, pero empezaba a preocuparse.

Mateo se puso en pie.

–¿Cada cuánto tiempo tienes las contracciones?

Natalie había tenido molestias desde el amanecer, pero sólo hacía dos horas que las molestias se habían vuelto regulares.

–Creo que cada quince minutos, o tal vez menos. He pensado que eran el efecto Braxton... esas contracciones de prueba...

Natalie se interrumpió para concentrarse en algo distinto que estaba sucediendo en su cuerpo. Abrió los ojos de par en par al comprender en el mismo instante en que sintió una especie de «clic» en su interior. Un momento después el suelo estaba empapado a sus pies.

Alexander se puso en pie de un salto y la sorpresa inicial de su expresión se transformó de inmediato en confiado orgullo. Se inclinó hacia Natalie tomó su rostro entre las manos y le habló con especial ternura.

–No creo que sean las contracciones de prueba.

Natalie sonrió, pero una nueva contracción, más intensa y dolorosa que la anterior, le produjo unas repentinas náuseas. Se inclinó hacia delante y gimió en un tono que no reconoció como suyo.

Mateo tomó a Alexander por el brazo.

–Voy a examinarla. Si es necesario, puede dar a luz aquí.

–Estoy segura de que tenemos tiempo de sobra –dijo Natalie cuando el dolor remitió–. Tengo el equipaje hecho. Sólo necesito lavarme el pelo.

Mateo sonrió.

–Las mujeres y su pelo.

Mientras Alexander la ayudaba a levantarse, Natalie experimentó otra contracción. Apretó los labios, pero no pudo evitar que un largo y gutural gemido escapara de su garganta. Sintió que las piernas le fallaban y un instante después Alexander la sostenía en sus brazos.

–Al dormitorio –dijo Mateo, que ya estaba entrando en la casa.

–¿Qué necesitas?

–Toallas y el maletín que tengo en el coche.

Una vez en el dormitorio, Mateo retiró la colcha de la cama y Alexander dejó a Natalie sobre las sábanas con gran delicadeza. Natalie le acarició el pelo.

–Me siento bien. No te preocupes.

Alexander la miró sin ocultar su emoción.

–Nunca has estado más preciosa.

–Alexander –interrumpió Mateo mientras entraba en el baño–, ve a traerme las toallas y el maletín. Y luego llama al hospital. Diles que iremos hoy en algún momento del día.

Sorprendentemente, las manos de Alexander no temblaron cuando recogió el maletín de Mateo y luego fue a por las toallas.

Volvió al dormitorio y dejó todo en el extremo de la cama. Luego rodeó el colchón y tomó la mano de su esposa para besarla.

A pesar de las contracciones, Natalie parecía especialmente serena.

Alexander volvió a besarle la palma de la mano, pero cuando fue a soltarla para ir a llamar al hospital, ella se la sujetó con fuerza.

Alexander captó una emoción difícil de describir en su mirada.

¿Miedo o fe?

–Te quiero, Alexander. Con todo mi corazón.

Emocionado, Alexander estrechó su mano y volvió a llevársela a los labios para besarla.

–Tú eres mi vida.

«Mi amor».

Respiró profundamente y dio un paso atrás. Ya habría tiempo de sobra para aquello. El resto de sus vidas. No había nada de qué preocuparse.

Una vez en el cuarto de estar, llamó al hospital y explicó la situación. Pero al volver al dormitorio encontró la puerta cerrada.

Tal vez debía dar un respiro a Natalie y a Mateo. Confiaba en Mateo más que en cualquier otra persona, como amigo y como médico. Necesitaba poner en sus manos la seguridad de las dos personas que más quería del mundo.

Su esposa. Su hijo.

Pero según fueron pasando los minutos se fue poniendo más y más nervioso y empezó a caminar de un lado a otro del cuarto de estar como un león enjaulado. Escuchó el murmullo de la voz de Mateo, los gemidos de Natalie, finalmente el llanto del bebé y luego...

Nada.

El silencio llegó a hacerse tan intenso que quiso golpear la puerta y...

Cuando oyó que su esposa rompía a llorar, sintió que su corazón se desgarraba.

Mateo le había asegurado...

¡Le había dicho que no había de qué preocuparse!

Incapaz de contenerse más, alargó la mano hacia el pomo de la puerta en el mismo instante en que ésta se abrió.

Mateo estaba delante de él. Mientras se quitaba los guantes quirúrgicos, hizo una seña con la cabeza por encima de su hombro.

Apoyada sobre un montón de almohadas, Natalie contemplaba con evidente adoración el pequeño bulto que sostenía entre los brazos. Un emocionado sollozo escapó de su garganta a la vez que las lágrimas comenzaban a derramarse por sus mejillas.

Un sollozo de felicidad, de alegría.

Alexander apoyó un hombro contra el marco de la puerta y se limitó a contemplarla, como hipnotizado.

Natalie alzó sus ojos color esmeralda y lo miró. Con el rostro radiante de amor, alargó una mano hacia él... la mano en la que llevaba su anillo de bodas.

Sintiéndose a la vez débil e inmensamente fuerte, Alexander miró a Mateo con expresión interrogante.

–Adelante, amigo –dijo Mateo a la vez que se apartaba a un lado, sonriente–. Conoce a tu hijo recién nacido.

Deseo™

Antiguos amantes

EMILIE ROSE

Rand Kincaid nunca se había sentido presionado, hasta el día en que todo su futuro quedó pendiente de un hilo. El testamento de su padre lo obligaba a readmitir como su asistente personal a Tara Anthony. De pronto, se vio en la tesitura de aceptar a la única mujer que lo había abandonado, o perder su imperio familiar.

Pero, antes de aceptar, Tara le dejó claras sus condiciones: quería una segunda oportunidad y Rand debía estar en su casa… y en su cama.

Rand todavía no era consciente de lo lejos que aquel acuerdo le iba a llevar.

Todo vale en el amor… y en los negocios

Acepte 2 de nuestras mejores novelas de amor GRATIS

¡Y reciba un regalo sorpresa!

Oferta especial de tiempo limitado

Rellene el cupón y envíelo a
Harlequin Reader Service®
3010 Walden Ave.
P.O. Box 1867
Buffalo, N.Y. 14240-1867

¡Sí! Por favor, envíenme 2 novelas de amor de Harlequin (1 Bianca® y 1 Deseo®) gratis, más el regalo sorpresa. Luego remítanme 4 novelas nuevas todos los meses, las cuales recibiré mucho antes de que aparezcan en librerías, y factúrenme al bajo precio de $3,24 cada una, más $0,25 por envío e impuesto de ventas, si corresponde*. Este es el precio total, y es un ahorro de casi el 20% sobre el precio de portada. !Una oferta excelente! Entiendo que el hecho de aceptar estos libros y el regalo no me obliga en forma alguna a la compra de libros adicionales. Y también que puedo devolver cualquier envío y cancelar en cualquier momento. Aún si decido no comprar ningún otro libro de Harlequin, los 2 libros gratis y el regalo sorpresa son míos para siempre.

416 LBN DU7N

Nombre y apellido	(Por favor, letra de molde)
Dirección	Apartamento No.
Ciudad	Estado	Zona postal

Esta oferta se limita a un pedido por hogar y no está disponible para los subscriptores actuales de Deseo® y Bianca®.
*Los términos y precios quedan sujetos a cambios sin aviso previo.
Impuestos de ventas aplican en N.Y.

SPN-03

©2003 Harlequin Enterprises Limited

Bianca™

Él no le dejará más alternativa que convertirse en su esposa

El magnate Nikolai Golitsyn estuvo a punto de seducir a Ellie, la joven que cuidaba de su sobrina. Pero entonces ocurrió una tragedia y, al descubrir que ella era la responsable de la muerte de su hermano, lo último que quiso fue convertirla en su amante.

Desconcertada y humillada, Ellie escapó de Londres.

Cinco años después, Nikolai decidió buscar a Ellie para que su sobrina tuviera un referente femenino.

Pero esa vez estaba dispuesto a disfrutar de todas las delicias que se había negado a sí mismo hasta entonces…

Una esposa conveniente

Maggie Cox

Deseo™

Comprado para el placer

NICOLA MARSH

Kate Hayden debía de estar loca. Era
lo único que explicaba que hubiera
pujado en una subasta benéfica por
pasar una semana con Tyler, su anti-
guo amor. Ahora, con sólo pensar que
iba a compartir tiempo y espacio con
él, se derretía.

Tyler James era un soldado de las
Fuerzas Especiales, un metro noventa
y dos de puro músculo. En su trabajo
resultaba primordial no perder el
control, pero Ty encontraba algo ab-
solutamente irresistible tanto en Kate
como en el pasado que habían com-
partido. Ahora tenía una semana para
pasar con ella... y sería un tiempo
completamente dedicado al placer.

Vendido... ¡a la mejor postora!